HINT

# HINT

海野十三——著

侯詠馨——譯

# 人造人事件

隱藏在廣播中的死亡密碼，海野十三科幻偵探短篇小說集

導讀

# 犯罪與偵查，是一體的兩面

◎路那／推理評論者

## 日本科幻小說始祖暨變格派推理作家

我在《海野十三：回到未來》一書的導讀中，已概略地介紹過海野十三的生平與經歷。因而在此不擬多談。若還不怎麼認識海野十三，那麼以下幾件事或許有助於想像作家的生平——海野十三出身於藩主御醫之家。當他於一八九七年呱呱落地之時，正好是日本明治維新以甲午戰爭證明西化有成的三年後。一九〇五年，日本在日俄戰爭中的勝利，使得日本帝國一躍而成新興強權。一九一六年，他進入早稻田大學就讀，畢業後在通信省電務局電子試驗所工作，對無線電通信技術有著深厚的研究。海野十三除了醉心於科學知識外，本身更是熱愛H．G．威爾斯、江戶川亂步與甲賀三郎的作品。這使得他在工作之餘也開始嘗試創作。一九二八年，海野十三以〈電療澡堂的離奇死亡事件〉（中譯版收錄於《海野十三：回到未來》）正式踏入文壇，並在一九三五年成為專職作家。

開始創作後的海野十三，由於身處推理小說蓬勃發展的時代，因而陸續寫出以「理學士帆村莊六」為中心的系列探案。成為專職作家後，海野十三的創作逐步轉向驚險小說、科幻推理與科幻小說。儘管作品中仍保有相當的懸疑性，但可以明顯地感受到推理濃度慢慢下降的狀態。進入戰爭期後，在國家政策的影響下，他轉向了軍事、冒險與間諜小說的書寫。由於在戰爭時期他熱烈地支持皇國思想，因而戰後曾有一段時間遭到「公職追放」（不得擔任政府公職。以海野的狀況來說，則是被迫封筆）。然而由於其作品太受歡迎，海野十三最終仍得以重新提筆，繼續創作科幻小說與科幻推理，直到一九四九年因肺結核逝世為止，享年五十一歲。

有「日本科幻小說始祖」美譽的海野十三，在日本推理小說史上也佔有著一席之地。一般而言，海野十三會被歸類為「變格派」作家。所謂的變格派，是相對於「本格派」（相當於歐美推理中的古典派）而言的。本格派的推理小說，以合乎邏輯但出乎意料的解謎作為審美的標準。因此，本格推理也相當在乎在寫作中是否給予讀者足夠線索、能讓讀者與小說中的偵探有著同樣起跑點的「公平性」。相對而言，變格派則沒那麼在乎公不公平，這些作者更傾向給予讀者他們想像中理想的閱讀體驗——邏輯還是有的，解謎也依然存在，但嚴不嚴謹？公不公平？對這些作者來說，沒有「故事好看」來得重要。

## 身材高挑、思緒跳躍的名偵探——理學士帆村莊六

儘管以故事性與娛樂性為重，但以偵探小說登上文壇的海野十三，還是創造出了一位「名偵探」。這個名為帆村莊六的偵探，在一九三一年，的〈麻將殺人事件〉中首次登場。關於帆村莊六（ほむら そうろく）這個名字的由來有兩種說法，其一是橫溝正史的火焰（ほむら）與蠟燭（ろうそく）的變形搭配說；其二是江戶川亂步的夏洛克・福爾摩斯（シャーロック・ホームズ）由來說（將夏洛克・福爾摩斯兩字的日文拼音顛倒，即近似帆村莊六的日文發音）。目前以後一種說法較獲支持。帆村莊六外型高挑，其父是鐵道公司的顧問，妻子則是在《蠅男》事件中結識的富豪之女玉屋系子。

就帆村登場的小說來看，他不免俗地具備了眾多古典名偵探常見的「配備」——在警察中擁有極高的名聲、擁有許多怪僻、「喜愛獵奇事物，甚至將此當

成閒暇嗜好」，與讓人摸不著頭腦的舉動等等。不僅如此，帆村的事務所中還配備了能自動偵測進入者身高並拍照的奇妙設備。這個設定可說相當程度地反映了帆村探案的奇想基調。

圍繞著帆村莊六，海野十三陸續創造出了不同面貌的系列偵探。如可被視為帆村助手的女偵探風間光枝，以及親人遺孤的兒童偵探一彥等。儘管海野筆下偵探的屬性可謂相當多元，但普遍公認仍以帆村擔綱的作品最具可讀性。有意思的是，對照帆村的設定，不難聯想到作者海野十三本人還是科學研究者的時代。

或許由於帆村的設定有著濃厚的作者之影，因此這個角色可以說和海野十三的創作生涯緊緊相依。戰爭時期，他現身在軍事偵探小說《怪塔王》中；戰後，當海野得以再度發表創作後，帆村的身影便隨著科幻推理，再度躍然紙上。有意思的是，戰後登場的帆村，也不再保持青年偵探的形象，而改以中年乃至於老年姿態現身。與此相對的，是小說中的飛速的科技進展——帆村最後登場的作品，故事背景甚至設在宇宙。經歷過對霓虹燈照亮黑夜「忍不住發出讚嘆的聲音」時代的偵探帆村，遠征宇宙偵辦飛船失蹤事件。奇異的是，這樣的時代與科技跨度，乍看之下似乎不太真實，但它或許確實是二十世紀中期到今日許多亞洲人的親身體驗。

## 初期偵探精選六作：從〈霓虹街殺人事件〉到〈人造人事件〉

儘管直至海野十三創作的末期，都有著帆村莊六活躍的身影，但本次《人造人事件——隱藏在廣播中的死亡密碼，海野十三科幻偵探短篇小說集》中精選的六部短篇，均發表於海野十三創作生涯的初期：〈霓虹街殺人事件〉與〈振動魔〉發表於一九三一年；〈柿色紙氣球〉與〈人之灰〉發表於一九三四年；〈貘鸚〉與〈人造人事件〉則發表於一九三五年。儘管是創作生涯初期的作品，但故事讀起來卻並不生澀。此外，這六篇作品也展示了海野十三偵探小說的不同面向：從〈霓虹街殺人事件〉中，可見海野如何以自己的風格，致敬江戶川亂步〈屋頂裡的散步者〉；在〈振動魔〉、〈人之灰〉與〈人造人事件〉中，海野對詭計的設計，則可見他對科技與人體之間如何「互動」的奇思妙想；〈柿色紙氣球〉由犯人出發，描繪他如何與偵探們鬥智鬥勇的過程，帶有濃厚的犯罪懸疑色彩；〈貘鸚〉這個不僅令人八竿子摸不著頭腦，仔細想感覺腦袋還會產生錯亂——這兩種動物到底要怎麼接合在一起？——的名詞，竟是解開密碼的重大關鍵。從以兩個秘密團體爾虞我詐爭奪富翁財產為背景的〈貘鸚〉，更可被視為海野日後間諜與冒險小說書寫的先聲。

綜觀本次所選的六案，首先可以總結出帆村探案的最大特徵之一，是他善於利用自身的科學知識，透過幾乎是飛躍性的思考，去解決乍看之下不可思議的謎團或事件。如〈人之灰〉中每到西風吹起，便有人會消失的無影無蹤——這樣乍看之下恍若鄉野奇談的情況，最終係由帆村以科學知識進行推理，導出令人驚詫的真相。很有意思的是，儘管如今看來，這些「真相」有些實在過於荒誕，但比起氣憤，我反倒會感受到一種「啊，竟然想到用這種方式來解釋」，湧現出一種奇異的佩服感。

其次，讀者諸君當會發現帆村所面對的犯罪者大都具備了「瘋狂科學家」的特質，其職業若非學者、研究家，便是相關從業人員的狀況，也頻頻出現。另一方面，帆村用以解決案件的利器，也是同根生的科學知識。從這樣以子之矛，攻子之盾的描繪方式，不難發現海野本身顯然認為科學與技術是中性的，不存在善或惡的道德價值判斷。要為善或是為惡，端視使用者而定。這樣的思考，在一九四六年出版的《地球盜難》後記中有著絕佳的呈現：「全人類正沐浴在科學的恩惠之下，同時也被科學的噩夢所脅迫。兼具恩惠與迫害兩個面向的，正是今日的科學。我們已經被這樣兼具神與惡魔特質的科學給附身了。」這使得他大聲疾呼：在科學時代，不能忽視科學小說。生於熱情擁抱西洋技術的明治時期，海野十三親眼見證了科學的美好。另一方面，他也同時見證了日本遭受核彈轟炸後所帶來的地獄景象。於是，這樣的觀點可能會被認為是戰後才出現的。然而透過本次對其早期作品的譯介，或可推知海野此般思考並非橫空出世，而是早在其創作初期，便可一窺端倪。

# 目次

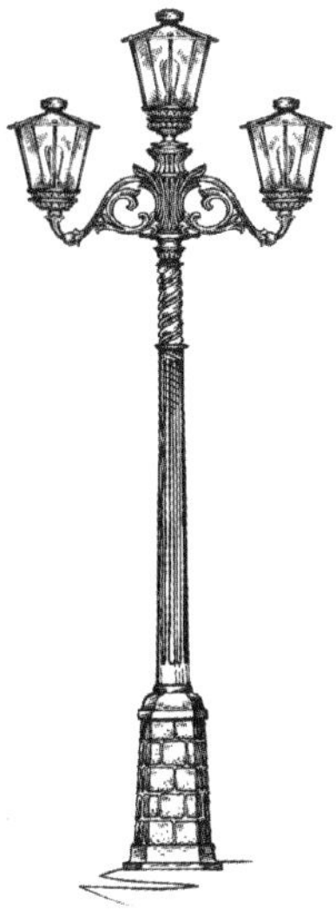

# 霓虹街殺人事件

帆村往前跨出一步，鞋尖似乎踢到什麼堅硬的物體。他用手電筒一照，發現那是紳士品味的打火機。他取出手帕，把它撿起來，收進口袋裡。也許這是解開事件之謎的證據吧。

# 1

那是這陣子最冷的一個夜晚。

在日曆上明明還算得上仲秋時節，也許是受到太陽黑子的影響吧，溫度計的水銀柱一下子縮到下方，在這樣的深更半夜，舉凡戶外的警衛、默默行走的路人，又或是睡在外頭屋簷下的人們，每個人都一樣，噴嚏打個不停，並發出類似的自言自語。

「唔唔，今晚冷死人啦。」

喜愛獵奇事物，甚至將此當成閒暇嗜好的業餘偵探——特立獨行的青年理學學士——帆村莊六，正好也是在戶外遊蕩的其中一人。如今，他來到午夜三點半的新宿百老匯入口。

即便是人稱大東京心臟的繁榮新宿街區，在這個時間，也宛如沉在湖底的廢都。在煤灰色的夜霧中，有著怪誕裝飾的高聳建築物，顫抖與聳立。遙遠那一頭的十字路口，有一盞高燭光的懸空式電燈，好像忘記關掉似地，依然亮著，將附近照得像冰山一般白亮。

帆村莊六以蹣跚的步履在柏油馬路上行進，還要小心幾乎凍結的鞋子脫落。

「鐘聲啊響吧，鐘聲啊響吧，七葉樹啊……」

看來，他的心情似乎不錯。走到他的身邊，應該會聞到渾身約翰走路的氣味吧。不知道他剛才從哪裡走出來的，八成是在代代木一帶的朋友家裡通宵打麻將，因為老毛病犯了，才跑進午夜的街頭吧。

他的身體搖搖晃晃、顛顛倒倒，一下子倒向對面沒亮燈的路燈鐵柱上。正在想這傢伙真奇怪呢，打算用雙手接住，卻發出「鏘」的一聲，整個頭都撞上去。這時他總算清醒了。

「哦哦，好冷。」

說著，他雙手放掉鐵柱。方才抱住的鐵柱，冷得跟冰一樣。迅速奪走不小心抱住的雙手的熱度，只覺得失去了感覺，彷彿像木乃伊的手一樣收縮著。他突然往高處看，房屋的正面，有一些像冰柱的東西，泛著又白又冰冷的光線。

「竟是個能結冰柱的夜晚呢。」

帆村揉揉眼睛，看了好幾次，這時，他呵呵笑了。

「什麼嘛，原來是霓虹燈招牌啊。所以這裡就是霓虹街囉。我有點醉啦。」

這裡是新宿第一的咖啡街，俗稱霓虹街的街道。看起來像冰柱的東西，其實是熄了燈的霓虹燈招牌的玻璃燈管。傍晚時分，兩側的店頭可都亮著紅色、藍色、綠色等色彩絢麗的光暈，有的是咖啡廳的名稱，或是銜接成漩渦狀、風車狀或是雞尾酒杯的形狀，站在這條霓虹街入口的人，應該會為這絢爛的空間，忍不住發出讚歎的聲音吧。然而，如今是丑三時[1]過後的凌晨四點，會把熟睡得有如爛泥的霓虹街看錯，大概也不能全都怪到帆村莊六喝醉酒的份上吧。

他離開鐵柱旁，步履仍然蹌踉，終於穿越霓虹街，暫時佇立在十字路口的昏暗燈光之下，也許是下定決心了吧，他沿著三越後頭的牆壁，一直走到懸掛著明亮電燈的武藏野館前的十字路口，走到正中央的時候。

「欸，怎麼回事……」

耳朵突然傳來「咚」一聲，打破寂靜的夜晚。那是有點鈍重、不是很清脆的聲音，卻讓人一時說不出那是什麼東西發出的聲響，看來應該是從他背後一、兩丁[2]遠的地方傳來的。他的偵探意識立刻活躍了起來，另一方面，他又為了這股膚淺的意識咂嘴，瞭望後方，豎起耳朵傾聽有沒有其他聲響，後來就悄然無聲，就連方才打動耳膜的聲音，都溶於寂靜之中，他甚至懷疑自己是不是聽錯了。過了五分鐘、六分鐘、七分鐘……。

「啊，有怪人……」

---

**譯註1** 指凌晨三點至三點半之間。

**譯註2** 一丁約為一〇九公尺。

相當於霓虹街出口的交叉路口，在微弱的光線之下，有個不明的人影突然映入眼簾，立刻轉身衝進電車道的巷子裡。在帆村莊六尚未清醒的眼裡，那人影並未留下清晰的形象，不過對方好像是個身穿和服、相當高大的男性。

「出事啦！」

他大叫著，這下子終於完全清醒了，他朝向人影現身的霓虹街出口，啪嗒啪嗒跑了過去。從交叉路口往左彎，想追上人影，卻根本找不著了。看來他已經越過電車道，逃往小路繁多的大久保方向了。這樣一來，已經完全無法追上他了。

帆村放棄追蹤，掉頭回到原來的街道。方才的人影是從哪裡跑出來的呢？還有之前的怪聲音，又是從哪一戶人家傳出來的呢？他來的那一帶，一定會散發出濃郁的死屍氣味。

他一口咬定怪聲音來自霓虹街。於是，當他跑回霓虹街時，便迅速地將每一戶人家都掃視過一遍，不過，沒有一戶人家的大門或窗戶是開著的。

（難道是我搞錯了嗎？）

他一邊尋思，這回仔細地逐一查看兩側的窗戶下方與門口。點亮他總是隨身攜帶的手電筒，先蹲在距離霓虹街入口最近的阿染咖啡，照亮大門前方與鑲著彩繪玻璃的窗框，尋找異常的地方，不過他既沒看到血跡，也沒看到新鮮的腳印。推推門，也是文風不動。這家阿染咖啡應該沒問題吧。他用這種方式，接二連三地往隔壁的咖啡廳前進，逐一檢查正面的出入口。不過，他完全沒發現異狀。

「殺人啦！哇啊，來人啊……」

帆村上方突然傳來婦人拔高的尖叫聲。他正好位於第四間——氬[3]咖啡的前方。慘叫聲大概是從三樓傳來的吧。

「嗯，果然是事件。所以剛才的應該是槍響。」

譯註3　Argon，是一種惰性氣體。

帆村莊六的醉意已經完全清醒了。他砰砰砰地衝撞氫咖啡的大門。大門輕而易舉地打開了。鄰居好像終於發現了，附近一帶吵吵嚷嚷地湧出開窗戶的聲音、說話聲或踩著木屐走動的聲響。

帆村往前跨出一步，鞋尖似乎踢到什麼堅硬的物體。他用手電筒一照，發現那是紳士品味的打火機。他取出手帕，把它撿起來，收進口袋裡。也許這是解開事件之謎的證據吧。

穿越店面，在酒櫃的後方，有一座通往三樓的螺旋梯。應該有另一座樓梯通往二樓，不過沒有連接二樓跟三樓的樓梯。帆村順著螺旋梯，迅速爬上三樓。

「嘿……」

爬到三樓，是一間房間，一名穿著俗豔長睡衣、年近三十歲的豐腴女子，倒在彷彿還飄著情色夢幻、軟綿綿的被褥上。旁邊還有另一床被褥，卻沒有人睡在那裡。

「喂，妳醒醒，發生什麼事了？」

帆村拍拍女子香豔的肩膀。

女子卻把臉緊緊地埋在棉被裡，渾身發抖，輕輕舉起左手，不發一語地指著離正門比較近的隔壁房間。好了，隔壁是否真躺著屍體呢？

「喔喔，怎麼回事？」

帆村動手拉開通往隔壁的紙拉門，卻怎麼也拉不動。仔細一瞧，才發現這是特別訂製的紙拉門，從這邊看起來像是貼著和紙，另一面卻是用檜木或其他材質製成的堅固木板門扉。木門從內部上了鎖。這間房間的門禁怎麼會這麼森嚴呢？

「妳有鑰匙吧？」

女子依然把臉埋在被子裡，只顧著搖頭。帆村壓抑著焦急的心情，環顧房間內部，發現有個拉門沒關緊的壁櫥，他的目光瞬間為之亮起。

自從江戶川亂步寫了《屋頂裡的散步者》（屋根裏の散步者）以來，開啟了自由的通道。打開壁櫥的拉門後，帆村莊六跳到扔著女服務生的化妝品及少許行李的雙層櫃上方，拆下一片天花板，鑽進天花板內部。接下來，他朝向**門禁森嚴**的隔壁房間方向匍匐前進，不過一隻手好像被電線類的東西卡住，不小心鬆開了手電筒。

「切！」

光線消失了，帆村只覺眼前一片漆黑。

度過焦急的幾十秒，眼睛終於習慣黑暗了。

這時，眼前正好可以看到一個宛如貓眼球般的光暈。他嚇了一跳，下意識地往後退，定睛一瞧，原來是天花板上的一個小洞。

（這下子找到好東西了。）

帆村緩慢地來到小洞旁邊。那個小洞比想像中還大，大約是一錢銅板[4]大小。他把一隻眼睛湊近洞口，安靜地往下窺探。

「啊！」

小洞的正下方竟是一個臉孔被鮮紅血液染色的慘死屍體，在室內昏黃的燈光下，躺在地上。那是一名年約五十歲的男性。他可能是躺在被褥裡，正對著天花板睡覺時，遭人射殺的。傷口應該是致命傷，完全看不到痛苦掙扎的模樣。

這時，下方傳來咚咚咚的腳步聲，每個腳步聲都能造成天花板的震動。警官們趕了過來，終於把門禁森嚴的門撞破了。

帆村既然已經爬到天花板上方了，他打算靜觀其變。這時，他伸手摸索手電筒掉落的地方。他先碰到一些好像從柱子削下來的木屑。本來想把它移開，使力拉了一下，那木片卻緊貼在天花板上。於是他把手繞到旁邊，手指摸到冰涼的金屬觸感，他用力地把它握在手中。

「咦？這不是手電筒啊。」

那是一個沉甸甸的，而且非常冰冷的物體。他在黑暗之中，仔細地用手摸

譯註4　約二一・七公分。

索，那的確是一把手槍。

「手槍怎麼會掉在這種地方。」

他瞬間想像某個畫面。犯人潛進天花板內部，從這個小洞瞄準下面的老人。方才他在武藏野館前的十字路口聽見的聲音，也許是這把槍的聲響吧。

「喂，是誰？快下來！」

這時，明亮的光線突然打在帆村的側臉上。警官從他方才爬上來的壁櫥天花板出入口，詢問他是誰。

「我是……」

「有話待會兒再說。還不快下來，不然我要開槍囉。」

警官氣勢十足，可能真的會開槍吧。帆村苦笑著，放棄更多的搜查，收穫只剩下他撿到的手槍，就這樣回頭了。

直到警視廳的刑事部首腦——搜查課長大江山警部——抵達之前，帆村莊六只能滑稽又可悲地遭到監禁。

「外山。」大江山課長叫了那名警官的名字。

「我建議你先去調查帆村偵探的來歷。」

說著，他為了警官的無禮，向帆村莊六委婉致歉。

接下來，正式的偵訊開始了。

遇害的是這間氫咖啡的老闆蟲尾兵作。

隔壁房間的女性，則是受害者的小老婆，叫做立花峰。

是誰下的毒手？

大致可以推測出殺人的手段，應該是利用帆村發現的手槍，解剖遺體之後，應該可以肯定這個事實。究竟是哪一號人物，爬到天花板內部，從那個小洞瞄準並射殺氫咖啡的老闆蟲尾兵作呢？

「老闆娘。」

大江山警部對無精打采的老闆小老婆說：

「這間房間鋪了兩張床，一張是妳的，另一張是誰的呢？」

「是的。那張是那個……」

「說清楚哦。」

「是，那個是、該怎麼說呢？我們的頭號紅牌女服務生阿紫的床。」

「喔喔。不過，我們沒看到阿紫耶，她怎麼啦？」

「那個啊、就是、她昨晚出門之後，就沒回家了……」

「喂，老闆娘。妳可別亂說哦。我們警視廳的**巡邏員警**，也能看得出來那是沒人睡過的床，還是有人躺過的床啊。」

這時，帆村的腦海中，清楚地浮現他在霓虹街出口看見的奇怪人影。

「妳不知道嗎？」

大江山警部撫著下巴說：

「那我改問別的問題吧，老闆有沒有跟什麼人結怨呢？」

「有的。雖然這不是我這個小老婆該說的話，他跟從這裡算起的第四間店，阿染咖啡的老闆女坂染吉，兩個人處得非常不好。在這個霓虹街頭，每天都要對罵的人，就是我們家那口子跟女坂老闆。我們之前還收過一封恐嚇信哦。」

「恐嚇信啊……。那封信在哪裡？」

「應該放在我老公的書桌抽屜裡……」

說著，阿峰在書桌一陣翻找，

「啊，有了，就是這個。」

「我看看。」

大江山警部拿起放在信封袋裡的恐嚇信，大聲唸出來。

「立刻滾出霓虹街。不滾的話，你就會在寒冷的日子報銷。」

「好奇怪的句子哦。說到**寒冷的日子**，這句倒是符合。**報銷**又有『銷毀』的意思，是工廠常用的話。……阿峰女士，這封恐嚇信沒有署名，妳怎麼知道是女坂染吉還是誰寄來的呢？」

「因為沒有其他人會寄這種信來嘛。」

「那倒未必。」

警部說著，稍微想了一會兒，

「妳知不知道這一帶有誰在工廠上班，或是從事相關行業的人呢？」

「啊，說不定是那傢伙。霓虹燈招牌店的一平。這邊是他的地盤，以前是工廠的作業員，現在在製作霓虹燈。我們家的招牌都是一平來修理的。」

「嗯嗯。一平跟蟲尾的關係如何？」

「這我倒是沒聽說……」

阿峰的心情似乎終於平復了。

「阿峰女士。」

這時插話的是打從方才一直在一旁沉默聆聽的帆村莊六。

「請問一平的身材如何呢？」

「霓虹燈店的一平，身材高大，走路有點外八，臉色總是很蒼白。」

「哦哦，身材高大啊。」

帆村想起他在昏暗燈影下看見的男子，身材也相當高大。

「那麼，請問您對這個有印象嗎？」

說著，他將在入口撿到的打火機放在手心，送到阿峰面前。

「啊，這是……」

方才阿峰的臉色還十分開朗，但只看了一眼打火機就瞬間刷白，甚至渾身都在發抖。

## 2

「這是誰的打火機？」

面對驚訝地直發抖的阿峰，帆村莊六秀出他在氳咖啡入口撿到的打火機。

阿峰說：

「……大概是一、一平的吧。」

「什麼？這是一平的打火機？」

大江山警部把身子都往前傾了。

「阿峰女士，妳剛才沒有回答吧？這兩張床，一張是妳睡過的，另一張是誰睡的呢？也許那是頭號紅牌女服務生阿紫的床，不過，方才睡覺的另有其人。聽好囉。剛才帆村在快四點的時候，發現有個身材高大的男人從這裡逃走了。接著他又在這個家裡撿到打火機。也就是說，睡在這張床（指著一張床）上的，就是那位身材高大、還擁有打火機的人。如果，那個打火機是霓虹招牌店一平的，表示妳跟一平在這裡睡覺，沒錯吧？」

「蛤？你說誰跟一平……」

「再讓妳看一樣東西。」

說著，大江山警部用眼神向帆村示意，將把天花板內部撿到的手槍湊到阿峰面前。

「妳看過這把手槍嗎？」

「啊，這個……。這是一平的手槍。那傢伙說，總有一天要用這個把我……把我……。」

阿峰好像想起了什麼，歇斯底里地大叫。

「果然是那傢伙。都是他。是一平殺了我老公。除此之外，沒有其他犯人了。沒錯，就是這樣。」

「啊，阿峰女士，妳冷靜一點。喂，外山，把這名女子帶到樓下休息。」

阿峰離開後，三樓只剩下員警一行人及帆村偵探。

「帆村，你有什麼看法呢？」

大江山警部溫和地叫喚他。

「我想應該是單純的情殺，一平取代女服務生**阿紫**，鑽進這張床裡，看準時機再爬上天花板內部，射殺老闆蟲尾後逃走，半路在入口遺失打火機，又在交叉路口被你撞見，所以逃跑了，你覺得這個解釋如何呢？」

帆村提出反駁。

「不過，既然都要逃跑，為什麼要舒舒服服地躺在床上呢？如果要躲的話，有很多地方可以躲，也可以躲在窗簾後面或是壁櫥裡啊。」

「嗯，如果他這麼想呢？這個說法有點過度揣測了，總之，那天夜裡，老闆娘在蟲尾的床上，與他發生關係，之後她離開房間。老闆要去廁所的時候，看了旁邊的床一眼，心想：『阿紫那傢伙很怕冷，才會用棉被包著頭睡覺啊。』接著他回到自己的房間，因為擔心恐嚇信的事，所以把門鎖上才睡覺。這時，阿峰鑽進一平躺著的被窩裡，也就是阿紫的床上，就這樣睡到凌晨三點半。一平看準了時間，於是開始犯案……」

「儘管如此，將近凌晨四點才犯案，未免太晚了吧。」

「什麼嘛，一平的恐嚇信寫著寒冷的日子要做掉他啊。一天當中最冷的時刻應該是凌晨四點左右吧。這樣不是合情合理呢？」

「課長大人你真是博學多聞啊，一天之中，凌晨四點之前是氣溫最低的時刻。就算如此，我也覺得不太對勁啊。還有另一件事，就是砰一聲的槍響後，直到犯人逃脫的時間，這段時間將近十分鐘，對於一個犯案的人來說，這樣的行動似乎不夠迅速。只要三分鐘，時間應該就很充裕了吧。然而，犯人卻花了十分鐘的時間，還匆匆忙忙地丟了打火機，也沒讓阿峰女士隱瞞，更沒想到要把阿紫的床鋪好。從這幾點看來，兩個人應該都很慌張。如果是計畫殺人，應該不會這麼慌亂才對。」

「嗯，所以你的結論是什麼呢？」

「我還沒辦法下定論。」

帆村搖搖頭說：

「不過，要解決這起事件，如果找不到更多的關係人士，跟只用兩個方程式求取三次方程式的答案一樣，都是緣木求魚。」

「哦哦，你的意思是說，你覺得阿紫也有問題嗎？」

這時，傳來一陣匆促的腳步聲，剛才那位外山警官跑上樓。

「課長大人，女服務生阿紫剛剛才悄悄地回來，我把她帶過來了。」

「什麼？那位頭號紅牌阿紫嗎……」

回頭一看，樓梯入口處站著一名身穿昂貴皮草外套，乍看之下有點像入江隆子[5]的洋裝女孩。

「哦哦，妳就是阿紫嗎？請妳過來一下。」

資深老手大江山警部若無其事地向她招招手。

「昨天夜裡，妳幾點出門的？去了哪裡呢？我不是在責怪妳，儘管說吧。」

「我、那個……、昨天晚上外宿了……」

她坦白說出與打算相伴終生的青年N，前往多摩川河岸的H澡堂過夜之事。將近五點左右，才在風刮起的晨露之中，坐車回到這裡。

（嗯，已經黎明了。）

不知不覺中，白亮的光線已經潛入室內，帆村十分新鮮地環顧房間。

大江山警部說：

「有個東西想請妳看看，妳看過這把槍跟打火機嗎？」

「這把就是射殺老爹的手槍嗎？嗯，我沒有印象哦。這只打火機啊……咦？這是那個人的。」

說著，她將打火機緊緊握在手心裡，以一種不知道該不該說的眼神，瞄了課長一眼。

「阿峰女士已經跟我說過了。」

「哦，她已經坦誠了嗎？那就不用我多說了，這是阿銀的哦。」

「什麼？阿銀？」

警部陷入沉默。

「阿銀是誰？」

---

**譯註5** 入江隆子（入江たか子，一九一一－一九九五），日本電影女星。

「咦？太太沒說是阿銀的嗎？被我搞砸啦。這樣一來也沒辦法啦，阿銀是太太的老相好哦，叫做木村銀太，像賈利・古柏[6]那樣，長得又高又瘦的人哦。」

帆村在一旁插嘴問道：

「請問一平跟銀太，哪個人比較高呢？」

「這個嘛……」

阿紫望向新的發問者，雙頰泛紅地說：

「兩個都是又高又瘦哦。」

大江山警部問：

「銀太這個人，是不是常常潛進這裡呢？」

「我經常被拿來當**幌子**呢。」

說著，她指著一張床，輕輕地呵呵笑了。

「好的，謝謝妳。」

警部使了個眼色，讓外山請她下樓。兩個人又喀喀喀地走下原本的樓梯了。

「看來我們似乎找到最後那道方程式了，帆村。」

「對啊。」

「阿峰跟情夫木村銀太是共謀。本以為剛才睡覺的是一平，沒想到是銀太。你看見的人影呢，那也是銀太哦。如此一來，我們知道這是誰的手槍了。這把手槍也有可能是從一平那裡偷來的。」

「我可不這麼想哦。從剛才的話看來，我們可以得知阿峰跟躲在這張床上的情夫銀太，與這起案件無關。」

警部反問：

「你為什麼這麼說？」

「阿峰跟銀太一起睡覺的時候，聽見意料之外的槍響，所以兩個人嚇了一

---

譯註6　賈利．古柏（Gary Cooper，一九〇一—一九六一），美國知名演員。

大跳，慌了手腳。銀太在場的話，事跡就會敗露了，所以阿峰要銀太趕快逃走，銀太裸身穿好和服，把各種隨身物品都塞進懷裡逃走了，才會遺失打火機。看到銀太逃到比較遠的地方，阿峰女士才怒吼：『殺人啦。』」

「這樣一來，那把槍是誰射的呢？」

「不仔細調查怎麼會知道呢？我想八成是霓虹燈店的一平射的吧。阿染咖啡也很可疑。」

「這樣啊。我想讓情夫跟阿峰照我剛才講的內容演練一遍。總之，我會請多田刑警調查其他人的動靜，應該很快就有答案了。」

說到一半，他口中的多田刑警就出現了。

「課長，女坂染吉在他家裡哦。聽說他從昨夜十二點起，就不曾踏出家門一步。他說他拉肚子，整晚都讓他老婆幫忙按摩肚子、按摩雙腳。」

「看來他有寶貴的不在場證明啊。」

課長露出冷笑。

「至於阿紫，我們得知她去了H澡堂，跟N男一直待到凌晨四點半。接下來是大久保一平，那個霓虹招牌店，關於他，有些意外的事證。」

「哦哦，什麼樣的事證？」

「我們狂敲他家的大門，想叫他出來，沒想到他昨天傍晚就出門了，直到早上還沒回家。」

「所以……」

「所以我覺得這傢伙很可疑，回程順便跑一趟淀橋署，碰巧打聽到一平的事，十分意外的是，我們得知一平被拘留在上野署。」

「什麼？一平被關在上野？」

課長露出十分懷疑的表情。

「老實說，一平先生從昨夜十二時許，就一直待在山下的關東煮小吃攤那裡，喝光十幾瓶酒，喝得爛醉如泥。最後，將近兩點的時候，小吃攤的老爹說要打烊了，請他回家，他說：『你在跩什麼！』搖晃關東煮小吃攤，最後把整個攤子推倒在馬路上。所以才會被上野署拘留一整晚，直到今天早上五點半才被釋放。」

「這樣啊，這傢伙一樣有完美的不在場證明。喂，帆村，那把手槍在天花板內部咻地一聲發射時，一平那傢伙待在上野署的牢籠，可能還被跳蚤叮呢。」

「……」

帆村沉默不語。

「好了，多田。」

警部朝著刑警的方向說：

「我想請你調查木村銀太的下落。這傢伙可能跟老闆娘阿峰共謀，趁老闆睡夢中將他殺害。……好了，接下來把調查房間的作業，移到方便的樓下去吧。」

帆村莊六的臉全都丟光了。諷刺的是，他指出的犯人竟然在警察署的拘留所過了一整夜，擁有無可取代的不在場證明。就算帆村的推理毫無破綻，這樣的不在場證明卻能將它摧毀殆盡。

（不過，萬一……）

帆村安靜地走下螺旋梯，仍然不放棄，持續思考。

（如果犯人不在現場，一樣能開槍，又會怎麼樣呢？這是不是絕對不可能的任務呢？一平這個人，到底能做到什麼程度呢？那傢伙可是一間霓虹燈招牌店的老闆呢。）

天花板內部的手槍。還有恐嚇信上的字句「在寒冷的日子報銷」，也令人在意。

他突然聽見樓下傳來男女高聲爭論的聲響。

「人家就是想不起來嘛。」

語帶哭腔的是方才的頭號紅牌阿紫。

「妳在開玩笑吧？喂，我等一下一定會請妳吃飯，快點想起來！」

說話者是剛才沒聽過的年輕男子的聲音。

「人家才沒有開玩笑，是真的啦。一平先生，對不起啦。」

哦哦，那位年輕男子就是一平了。帆村站在樓梯中途，差點叫出來。

「妳是笨蛋嗎？唔唔。」

一平痛苦地呻吟。他好像將什麼非常重要的物品交給阿紫保管，被她弄丟了。

「你想一個理由去跟掌櫃拜託就好啦。人家有一次也把那間當鋪的當票弄丟了，跟他講過之後，他就還我了。」

看來阿紫遺失的好像是一平的當票。為什麼會特地把當票這種東西，交給阿紫保管呢？

「我不會再拜託妳了啦。」

說完，一平便從後門離開了。

走出戶外，一平四處張望，快步地跑走了。他穿越電車道，直奔大久保的長屋町那一帶，接著在巷子裡繞來繞去，最後衝進掛著染了白色「宇乃屋」布簾的當鋪裡。

「可以讓我看一下上次拿來典當的銘仙[7]外套嗎？」

「哦哦，您說的那件外套，剛才已經被人贖走了。」

「糟了！是他把當票撿走的。一定沒錯。那個人長怎麼樣啊？掌櫃。」

一平的臉色一會兒紅、一會兒青，氣得直跺地板。

這時，從一旁昏暗的水泥地角落，傳出意想不到的聲音。

「抱歉，演了這樣一齣戲，你說的那號人物，就是我。」

「哦哦，你是誰？」

一平睜大著雙眼。

「請把外套還給我。那是我的衣服。」

「外套當然會還你，拿去。不過，縫在衣領上的這張合約，我先借走了。你好，我是業餘偵探──帆村莊六。」

譯註7　平織的絲織品，以大膽、鮮豔的用色及圖案為特徵。

「看我的！」

一平氣勢勇猛地撲了過去，帆村則輕鬆地往左邊閃開，待一平站穩腳步之時，再由下往上朝下巴揮出一記完美的上勾拳，可憐的一平便直直躺在帆村腳邊了。

事件結束後，業餘偵探帆村莊六發表了以下的內容。

「犯人一平想出有不在場證明的殺人方法，其實與霓虹燈招牌及當天氣溫異常下滑有關。這麼說來，也許各位會覺得不可思議吧，他用了電力裝置，讓安裝在天花板內側的手槍發射。

這麼說起來，又更不可思議了，其實，他是利用電力裝置，扣動天花板內部那把有機關的手槍的扳機。那個電力裝置分別位於霓虹燈招牌的玻璃管以及安裝招牌的牆面上，是兩個銅製的接點，平常不會碰觸，因此不會產生作用。雖然霓虹燈招牌固定在建築物最高的牆面上，由下往上看，大家應該覺得霓虹玻璃管牢牢地固定在牆上吧，其實只固定了一處，另一頭則放在輕巧的背板上。這是因為牆面與玻璃管都會熱漲冷縮的關係，必須要有一個背板，白天，牆面的膨脹幅度大於玻璃管，到了夜裡，牆面則會大幅縮小。在較高的屋頂處，熱脹冷縮的現象會更明顯。犯人一平便是看準了這一點。兩個銅製接點延伸進屋裡，以電線銜接手槍扳機。白天時，這兩個接點的距離相當遙遠，到了夜裡、黎明時分，牆面收縮的幅度大於玻璃管，將會大幅縮短接點的距離。不過，在正常的寒冷情況下，接點還不至於會接觸，事件發生的那天夜裡，猛烈的寒流來襲，於是牆面呈現明顯的收縮，原本安裝於牆面及霓虹玻璃管上的兩個銅製接點，終於擦出火花，接觸了。接觸之後，電線開始導電，電流流至手槍處，扣動扳機。這就是手槍砰地一聲發射的順序。這個裝置，只會在冷得要死的拂曉發動，別說是正常的白天中午了，就連夜晚時分，兩個接點都有一段距離，一般情況下應該不會引起懷疑。犯行發生的那一天，是一個非常**寒冷的日子**，那天夜晚的黎明時分，犯人知道氣溫將會急速下降，看準了那把從天花板內部一直瞄準氤咖啡老板——蟲尾兵作——頭部的手槍，一定會在當天夜裡發射，於是他刻意在傍晚跑去上野，假裝喝醉酒，大鬧一場，故意被警察拘留，創造了不起的不在場證明。當手槍發射後，在反作用力之下，那條用來扣扳機的細電線，則會彈到很遠的地方，就算被人發現，別人也不知道那是什麼。

至於殺人的動機嘛。當我看了從一平的外套抽出來的合約書之後，一切就真相大白了。

殺人合約書

敝人委託您殺害蟲尾兵作。事成的早上，請憑本合約書換取酬勞一萬元。先向您致謝，謹此。

四月一日　女坂染吉（蓋章）

致大久保一平先生

也就是說，一平這號人物是日本黑幫的一分子。之所以將合約寄放在當鋪，乃是因為他擔心當天夜裡會遭到警方調查。阿染咖啡的老闆女坂染吉自然不用多說了，當天就被當成主嫌，遭到警方拘捕到案了。以上。」

# 人造人事件

這個時候，正門傳來轟轟的車輛引擎聲，帆村所謂的國際聯盟委員在騷動中入場。以雁金檢察官、丘預審法官、大江山搜查課長、帶廣警部爲首的多位警官，全都到場了。

# 1

理學學士帆村莊六喜歡在夜間的築地散步。

那天夜裡，他獨自一人，被冰冷的秋雨沾濕了身子，從明石町的河岸漫步到新富町的護城河畔。仰望昏暗的雨空，可以看見宛如天國之塔那般高大的聖瑪利亞醫院，白堊大樓清晰地聳立於黑暗當中。如今，這一帶依然可以感受到明治時代的異國風情，偶爾還會讓他產生錯覺，自己彷彿化身為古老錦繪[1]中的人物。

方才經過的守更小屋裡，流瀉著清亮的浪花節[2]廣播。雖然聲音已經變了調，還是可以聽出正是蒼龍齋膝丸的《乃木將軍掃墓之旅》。時鐘的指針已經過了九點，接近九點半了吧。方才在里拉咖啡廳啜飲紅茶時，明明才播了八點的廣播劇《空襲葬送曲》呢。

又是葬送曲又是掃墓的，把這些不吉利的東西全擺在一起，廣播電臺今晚怎麼會製作出這麼沒大腦的節目啊。不過，不吉利的東西同時映入眼簾時，表示源頭一定有更重大的不吉利之物。想到這一點，帆村不禁心頭一驚。

（……是不是又發生了什麼血腥的事件呢？殺人事件嗎？還是戰爭呢？）

方才，在里拉咖啡廳啜飲紅茶，有意無意地聽著廣播劇，內容關於未來的大戰。東京市民長期處於空襲警報的淫威之下，敵我的海戰部隊則在太平洋狙擊著微妙的戰鬥機。戰爭是不是已經揭開序幕了呢？

帆村理學學士來到護城河畔。冷風從側面打過來。他拉緊雨衣的衣領，隨著聖瑪利亞醫院的建築物轉彎。

醫院的大玄關，宛如火葬爐的前門，既森嚴又靜穆，他覺得自己彷彿聽見外型酷似雪莉．譚寶[3]的天使，在睡夢中的輕微呼吸聲。路旁立著一座感覺會

譯註1　浮世繪的型態之一。

譯註2　明治初期開始流傳的技藝表演，以三味線伴奏的說書。

譯註3　雪莉．譚寶（Shirley Jane Temple，一九二八—二〇一四），全世界第一位獲得奧斯卡獎的美國童星。

被偷走的路燈，在完全濕潤的柏油路上，灑落黃色的燈影。

就在這個時候，一輛車子從他的後方疾駛而來。帆村擔心被泥水噴濺，連忙閃到醫院的玄關旁邊。

車子半路就減速了，正好停在醫院的玄關前方。他看見了。車上有一名半蹲的女子，那是一名服裝冶豔，不知道是貴婦還是千金小姐的美女。然而，她竟然臉色慘白。

「唔，看來出事了。」

帆村的心跳加速。

女子穿著深綠色的長大衣。倒車之後，她似乎非常心急，幾乎是撲上去按了服務臺的服務鈴。

「哈囉，烏菈菈小姐。妳現在的狀況還好嗎？」

裡面突然傳出一個外國腔的男聲。仔細一看，醫院裡正好走出一名年輕的西方人，提著一個醫生用的大包包。

「哦，是約翰啊。你來得正好。我是來找你的。大事不好了。」

「大事不好了？妳說的大事，是怎麼樣的不好呢？」

「我剛才回到家，那個人已經死了啊。我該怎麼辦？」

「哦哦，那個人嗎……？那個人死了嗎？我這就去診察。」

「診察什麼呢？不管你做什麼，都是白費工夫哦。那個人的頭已經像石榴一樣裂開了。」

「石榴是什麼意思？」

「變得亂七八糟，都是鮮紅色的。就像用石頭把蕃茄砸爛那樣……」

「哦哦，大事不好了！怎麼會受到這麼嚴重的傷呢？」

「你問我為什麼啊……」

女子露出意外的表情，抬頭看外國人的臉。

她壓低了音量說：

「……連你都不知道的事，我怎麼會知道呢？」

這個名叫約翰的外國人，重新拿好差點滑落的公事包。

「烏菈菈小姐。那個人該不會是被什麼人殺死了吧？」

「欸……」

女子嚇了一跳。

「他肯定是被人殺死的啊。我該怎麼辦呢？」

約翰沉默地站在原地。

烏菈菈似乎有點著急，拉住他的手臂，

「喂，約翰。我已經下定決心了。既然已經變成這樣，那也沒辦法了。走吧，現在馬上帶我逃走吧。」

說著，搖晃著他的手臂。

約翰再次重新拿好差點掉落的包包，把手搭在烏菈菈的肩上，

「烏菈菈，聽我說。晚一點再逃也還來得及。我們現在馬上去妳家吧。只要把屍體處理好，那就沒問題了。走吧，我們快走。」

兩個人好像從玄關走出來了，躲在柱子後方的帆村嚇了一大跳。他立刻把身體緊緊貼在牆上。兩個人終究沒發現他的存在，快步走進雨中。

這時，服務臺的窗子正好開了，護理師露出臉來。

「唉呀，果然沒人呢。所以我不是說了嗎？服務鈴根本沒響啊。」

## 2

帆村機靈地跟在逐漸被雨水打濕，身高差距非常大的男女後方。兩人走到護城河畔，卻沒遇到車子，就這樣不斷往前走。即將走上新富橋的時候，女子似乎想到什麼，停下腳步。

女子指向對岸。

「你看，窗戶亮著呢。明明沒人在家啊。」

橋的那一頭，沿著護城河右轉的地方，聳立著以研究人造人聞名的竹田博士研究所。女子所指的顯然就是那間屋子的窗戶。

兩人加快了腳步。原本繞到他們前方的帆村，再次趕上他們，沿著護城河奔跑。

兩人來到靠近門口的地方，不知道是看見了什麼，突然臨時掉頭。帆村大吃一驚。不過，真正嚇到的人應該是那兩位才對。男子將女子護在身後，迅速退到護城河畔。可以看出外國人將斗大的拳頭藏在長褲後頭，顫抖著發出低鳴。帆村盯著它看了一眼，便若無其事地走過兩人面前。他聽見背後傳來兩道深沉的嘆息。

帆村毫不在乎地走近竹田博士的研究所大門。石梯之上，玄關大門敞開著，門的後方有一盞電燈，投注荒涼的光線。卻不見人影。

他不以為意地走上石梯。當他走上石梯時，一旁傳來大喝，

「喂！」

接著有一名警察從圍牆後方亮出佩劍，衝了過來！帆村只覺得脖子被人掐住，帽子往前飛出去。

「等、等一下。是帆村啊。」

「什麼，竟然是帆村。……」

警察驚訝地窺視他的臉。

「……嗨，真是失禮了。帆村先生，這種事還真是逃不過你的法眼呢。」

「沒什麼，這一帶是我的地盤嘛。」

說著，他笑了。帆村理學學士乃是出於興趣從事私家偵探，這是警察眾所皆知之事。他獨樹一格的偵探法則是以其學識為基礎，檢調當局也相當器重他，經常委託他協助難解的事件。他的嘴巴也是出了名的壞，相當了解該怎麼讓為了事件緊張兮兮的基層員警放聲大笑。

「喂。你是在演習該怎麼捕捉逃走的貓頭鷹嗎？」

「別開玩笑了。這裡的主人遇害了。」

「哦哦，竹田博士遇害事件嗎？話說回來，還真安靜啊。該不會是國際聯盟[4]從壁櫥裡拿出棉被，大家一起睡著了吧？」

「別、別開玩笑……」

這個時候，正門傳來轟轟的車輛引擎聲，帆村所謂的國際聯盟委員在騷動中入場。以雁金檢察官、丘預審法官、大江山搜查課長、帶廣警部為首的多位警官，全都到場了。

「哦，帆村，你已經來啦？我剛才打電話給你，不過他們說你下落不明呢。」

說著，雁金檢察官拍拍他的肩膀。

帆村回答：

「唉呀，在您還不知道的時候，先讓我家助手知道殺人現場，可就太失禮啦。」

「好了，開始吧。」

大江山課長帶頭進入屋子裡。帆村則是殿後。

走上兩層樓，三樓是博士的實驗室。那是一個十分寬廣、約莫三十坪大小的房間。靠牆擺著許許多多的儀器、棚架，角落則放著一些小型鐵工廠會用的機械工具。另一頭的東側窗戶，則掛著厚重的紫色窗簾，還擺著一張大床，上面躺著竹田博士面部朝上的慘死屍體。

警官聚在博士的屍體周邊。真是教人不忍目睹的慘狀。臉被砸得稀巴爛，已經不是面孔如何的程度了。若不是在染上鮮紅血液，一根一根站起來的下巴鬍鬚根部，找到一小撮白毛，想要判定這個人是博士，應該相當困難吧。竹田博士的年紀明明只有四十歲，卻懶得刮鬍子，放任下巴的鬍鬚自然生長，後來在下巴的前端，正好長了一小撮濃密的雪白鬍鬚，參雜在黑色鬍子裡，成了有名的標記。

帆村只是稍微看了一下竹田博士的屍體，旋即離開熱烈討論的警官身邊。接著，他重新檢查整間房間。

譯註4　第一次世界大戰後成立的跨政府組織，為聯合國的前身。

這時，映入他眼簾的是與機械棚架一起立在牆邊、宛如巨大棺材的箱子，裡面放著鋼鐵製成的人造人。那是體型比正常人類還高一點的中世紀騎士，穿著比身體大兩圈的巨大盔甲，看起來相當氣派。挺著下巴的臉朝向正面，高挺的鼻子往前延伸，再下方則是新月型缺口的嘴巴，深處可見揚聲器，還有兩隻小巧、圓型的眼睛，則是由光電管製成的，兩隻耳朵則像是從前流行的收音機喇叭，裝在臉的側面，朝向前方的喇叭口，覆著黑色布料。

帆村湊近人造人，觀察了一陣子，他彷彿聽見某處傳來嘰嘰嘰的低沉聲響。

「咦？」

這時帆村試著把耳朵貼在人造人那鋼板製成的胸口。結果他嚇了一跳，原以為鋼板應該是冰涼的，竟有點溫暖，鋼板的另一頭，傳來嘰嘰嘰有如小型機械運轉的聲音。

「哦，這具人造人還活著呢。」

他睜大雙眼，重新打量這具人造人。這時，他有了驚人的發現。

「啊！有血、有血啊。人造人的拳頭，沾滿了血！」

# 3

帆村驚訝的聲音，促使警官們全都吵吵嚷嚷地來到裝在箱子裡的人造人前方。

「什麼，有血是怎麼回事？哦哦，大事不妙啦。」

「喂，箱子底部也有垂落的血跡。哦哦，站在箱子前面的人，閃邊、閃邊。」

聽到有血跡，一行人立刻往左右散開。

「你們瞧瞧。這裡也有，嗯，那裡也有。血跡一直往前延伸。」

「怎麼回事，血跡可不是一直延伸到床的地方嗎。不就代表……」

「代表這個可惡的人造人殺了博士……這樣嗎？」

「咦？這具人造人是殺人犯……」

一行人嚇得呆立原地，心懷畏懼地望著這具散發詭異氣息的鋼鐵怪物。

人造人紋風不動。然而，看來也像下一秒就會發出「哇」地一聲怒吼，從箱子裡衝出來。

這時帆村在一旁說：

「各位該不會要開會才能決議這種鋼鐵機械也擁有人的靈魂吧？」

檢察官說：

「倒是沒想到那種地步啦，總之，這具人造人的右手拳頭上，明確留下可能粉碎博士臉部的證據。」

「如果這傢伙是活生生的人，」

大江山課長指著人造人說：

「我會毫不猶豫地逮捕他。不過，事實卻完全相反……」

「沒錯，所以我們只要能證明這具人造人能夠在殺害博士之後，回到這個箱子裡就行了。不過，我們現在連這具人造人能不能動，都搞不清楚啊。」

「喂，雁金先生。這傢伙確實會動哦。現在，在它的肚子裡有一個機器，一直喀喀喀地運轉哦。只要有人能命令這具人造人就行了。放眼望去，我認為您最適合這個任務了，您要不要下達一個勇猛的號令呢？」

帆村將手伸向前方。

雁金檢察官立刻將手舉到眼前，不停擺動。

這時，大江山課長往前一步，

「我們這樣對著搞不清楚的機器，也不是辦法，我想要按照平常的方式，調查可能的線索，您覺得如何呢？」

檢察官同意了。

「這樣也好。」

「這樣一來，應該先訊問這個家的家人吧，沒看到烏莛莛夫人。幫傭婆婆阿峰接到通知才過來的，現在正由警察保護。雖然婆婆的耳朵聽不見了，據說夫人外出回來時，她正好端茶上來，夫人走進來，看了這房間的慘劇一眼。」

「烏菈菈夫人是什麼時候回來的呢？」

「據婆婆表示，是今晚八點剛過不久的時候。」

檢察官歪著頭說：

「跟博士死亡的鑑識時間差不多呢。如今夫人不在家裡，也沒有向警方報案，這太奇怪了。」

帆村聽完後，點點頭表示了解，原來如此，剛才就是**那回事**啊。

「還有另一位經常出入這戶人家的人物。經過戶口調查後，我們已經查出是馬詰丈太郎，他是博士的外甥。截至一個月之前，他還住在這裡，現在已經離開了，住在五反田附近的公寓。」

檢察官詢問：

「他的外甥馬詰，有什麼嫌疑嗎？」

「他是已逝博士的助手，一直在這裡工作。不過，他的個性比較懶散，老是遭到博士的嚴厲斥責。這是阿峰婆婆說的。還有他離開博士家的原因，據說他心懷不軌，對烏菈菈夫人懷有愛意。」

「原來如此，可以把他列入嫌疑犯吧。」

說到這時，一名員警慌慌張張地從樓下跑上來，在眾人面前站好後，發表這件事。

「方才馬詰丈太郎在門口徘徊，所以我們將他逮捕了。」

「喔喔，來得正好。我正想要訊問眼裡只有女人的外甥，可以嗎？」

聽到大江山的話，雁金檢察官立刻同意了。

## 4

博士的外甥丈太郎，旋即在員警的護送之下，從樓下現身。雖然他看起來有點做作，服裝卻意外地整齊清爽，是一名纖瘦的青年。

丈太郎看到舅舅的屍體，立刻落下汩汩的淚水。接著轉過頭，大步走到諸位警官面前，以歇斯底里的聲音哭喊：

「誰、是誰，殺了我善良的舅舅？唉，我擔心的事終於成了現實。就是因為這樣，我才不想離開舅舅的家。請你們趕快逮捕犯人。」

檢察官與課長互望了一會兒。

大江山大聲斥喝：

「喂，丈太郎。你還蠻會演戲的嘛，不過我們可不會隨便讓你玩弄在股掌之中。」

「我哪有在演戲？如果你們有空說這種話，不是更應該放眼在大局上嗎？就是因為你們不小心，才讓國家珍貴的人造人研究家遭到殺害。這是國家的重大損失。你們覺得我國還有足以與舅舅匹敵的研究家嗎？」

這下連大江山都無話可說了。因為倒不是不曾有人認為應該派人保護竹田博士。只是由於人手不足，儘管擔心博士的安危，卻沒能實現保護博士這件事，這的確是警方的過失。

見到大江山敗下陣來，雁金檢察官代他詢問丈太郎：

「記得你好像曾經說過，有什麼外國的間諜之類的，你是怎麼知道這件事的呢？」

「我還想問問你們呢。就連我都覺得有點怪怪的啊。對面的聖瑪利亞醫院的內科醫師約翰．馬格雷歐，不是做出一些奇怪的舉動嘛。我調查過他祖國的檔案，根本找不到姓馬格雷歐的醫生哦。而且那傢伙的眼神很銳利呢，你們又怎麼說呢？那傢伙根本連一把尺都沒有，不過我想他肯定只消看一眼就能測出大砲的尺寸，是個目測大師吧。竟然放任那種人在白天的皇城裡走來走去，真教人驚訝！」

（原來如此。剛才那位就是內科醫師約翰．馬格雷歐嗎？）帆村在心裡自問自答。他一定是今晚，在那家醫院玄關擁抱烏菈菈夫人的男子。

這時，檢察官的眼睛一亮，戳了戳一旁喘得跟馬一樣的帶廣警部的大肚腩，說：

「……聖瑪利亞醫院的約翰．馬格雷歐。調查他的不在場證明。」

警部從屁股的口袋取出手帳，開始寫著，做為答覆。

馬詰丈太郎叨著一根菸，露出幾分得意的模樣。

「喂，馬詰。」

大江山搜查課長突然大叫。

「那是其他人的事，問你也沒什麼用。話說回來，我來聽聽你的不在場證明如何。博士遭到殺害的今晚八點前後，你到底上哪兒去了？快說。」

「你問我在哪裡嗎？雖然您問我了，不過可沒什麼參考價值。」

丈太郎信心滿滿地說：

「詳細地說，我今晚從七點三十分到八點五十分，都在JOAK[5]。」

「廣播電臺啊？你去那裡做什麼？」

「做什麼……？」

他沒有回答，而是叨著菸，看似美味地抽著。

「你去問一下AK的文藝部，應該就知道了。簡單來說，我寫的廣播劇，從今晚八點起，一共播出三十分鐘。負責演出的是PCL[6]那些人。因此，我一直待在AK的錄音室裡。你不相信的話，我可以拿剛才領的劇本跟演出費的信封給你看。」

「是那個《空襲葬送曲》吧。」

帆村從一旁插話。

「沒錯。您剛才有聽到嗎？」

「是的，我聽了。很有趣哦。擔任旁白的是千葉早智子吧？」

「對、對，沒錯。有什麼問題嗎？」

「沒什麼，我覺得今晚的早智女士，聲音特別渾厚呢。」

「大概吧。畢竟是戰爭的故事嘛。難怪她會緊張。」

---

譯註5　社團法人東京放送局，NHK的前身。

譯註6　電影製作所，東寶的前身。

兩個人把事件拋在一旁，熱烈地討論起廣播劇的內容。

這一頭，大江山課長則湊到雁金檢察官旁邊。

「我們必須儘快找到烏菈菈夫人。她先從外面回來，拋下已經死去的博士，又出門了，她的行為讓人無法理解。當時應該立刻打電話報警或是找醫生才對。」

「喂，看家的婆婆還好嗎？」

「哦哦，她沒事哦。畢竟是個老人，還能做什麼呢？」

「不過，我說你啊，既然我們知道是人造人殺了博士，你調查那些活人，不是沒什麼用處嗎？」

「不不不，只要人造人沒有靈魂，這一定是活著的人幹出來的好事啊。」

「嗯，我也想要釐清這一點。不過啊，我對機械實在是一竅不通啊。要是我們能清楚了解這具人造人要怎麼樣才會動就好了。對了，請帆村調查吧。」

「好主意。」

於是他們叫來帆村，命他調查如何操作這具人造人。

「我也不清楚呢，不過馬詰丈太郎一直在當博士的助手，問他如何？」

帆村把馬詰帶到人造人之前。接著問他如何操作人造人。

「唔。我不知道這具新型人造人的事，不過我們可以打開裡面看看。」

說著，他以熟練的手勢，拿起螺絲起子，拆下鎖在人造人身上的鐵門的螺絲。不久，人造人的內臟便露出來了。雖說是內臟，畢竟是人造人，裡面是滿滿的精密機械，無數條紅藍黃紫七彩繽紛的電線縱橫其中。怎麼會有這麼複雜的構造呢？彷彿可以清楚窺見竹田博士那無比偉大的腦力。最吸引帆村等人注意的，則是置於下腹部一帶，在電池的放電之下，帶動心臟附近那顆小巧的紅色燈泡與藍色燈泡，輪流閃爍著，有大大小小好幾個齒輪，發出嘰嘰嘰的聲音，精確轉動的光景。即便沒有靈魂，這具機械人的心臟及肺臟，仍然不停地運轉著。

「……這裡是增幅器，這是繼電器。」

馬詰以螺絲起子的前端指著機械。

「這是讓身體直立的陀螺儀。這是讓手臂活動的電磁鐵裝置。這是腳的。你們看，分成左右兩個，對吧？順便解剖一下頭部好了。」

馬詰像個醫學家一般，輕而易舉地剝開人造人的鐵面具。

「你們看，這是代替嘴巴的揚聲器哦。哦哦，這具人造人的眼睛看不見哦。雖然裝了光電管，不過沒有接電線。這是具有耳朵機能的麥克風。」

「請等一下。」

帆村舉手。

「所以這具人造人要怎麼操作呢？只要從麥克風這裡輸送某個信號音就行了嗎？」

「目前看來，機械接續的功能是這樣沒錯。」

「哦哦……這樣一來，我們需要的是人造人操縱信號簿，了解輸送什麼信號音，可以讓人造人做出什麼動作。各位，請大家在附近找一找。」

「好哦，人造人操縱信號簿嗎？……」

這時，在警官的指揮之下，刑警們像尋寶一般，一起在房間裡四處尋找。

「啊，是不是這個？」

一名刑警在機械棚架與後方的牆壁之間，找到一本掉落的薄筆記本，把它拎出來。

筆記本的封面寫著「機器人Q型8號的暗號表」。

「唔，Q型8號就是這具人造人哦。你們看，鐵架上用油漆寫的字。」

警官們你爭我奪地搶著那份暗號表，窺視著內容。

「哦哦，荒天：脖子向左轉。魚雷：脖子前後擺動。原來如此，上面寫著各種暗號。偵察：說出『時間到了』。滑走：跪下。……看來，操作人造人的號令，全都是一些簡短的單字。」

「這樣看下來，號令單字就有四、五十個耶。」

「咦？這就奇怪了。我覺得怪怪的，原來是暗號表被人撕掉一張了。唔，這是重大發現。喂，大家，再找一下撕下來的那張暗號表。」

在課長的命令之下，刑警們再度仔細搜索周邊。不過，他們終究是沒找到。

「看來沒有耶。」

「知道了。嗯，好吧。這下就了解了。這具人造人並沒有靈魂，果然是活著的人唆使這具人造人。犯人一定有那張暗號表。」

大江山課長毅然決然地說。

總之，在博士待著的這間房間裡，一定有某個人向人造人發號施令。只要能查出是誰，就能解決這起事件。到底是誰進入這間房間發號施令呢？是烏菈菈夫人嗎？是馬詰丈太郎嗎？還是奇怪的外國人約翰·馬格雷歐醫生呢？亦或是其他人物呢？

偵訊婆婆後，得知博士總在七點到七點半吃晚餐，吃完飯後，他會服下安眠藥，鑽進如今博士屍體躺著的床上，熟睡兩個小時，正好睡到九點半，儲備研究到深夜的精力，這就是博士的習慣。

也就是說，今晚，博士晚餐後的睡眠時，一定有某個人潛進這間房間，在人造人面前，吟唱死亡的咒語。殺害博士的手段，終於有個朦朧的輪廓了。

「來發號施令的，是誰呢？」

警官們聚在一起討論。

大江山說：

「接下來，我們應該逮捕所有的相關人士，確認他們的不在場證明。」

這時，帆村偵探坐在房間的角落，反覆熱切地閱讀那份暗號表。

## 5

隔天下午，帆村偵探打電話給雁金檢查官。

「您好，昨天的後續怎麼了呢？殺害博士的犯人，已經找到了嗎？」

「嗯，倒是還沒確定啦，不過我們逮捕了重大嫌疑犯，現在正由大江山熱烈偵訊中。」

「請問是誰呢？」

「是烏菈菈夫人哦。」

「咦？烏菈菈夫人？你們終於抓到夫人了嗎？在哪裡找到她的呢？」

「她在聖瑪利亞醫院住院哦。明明沒生什麼重病啊。」

「所以那個約翰・馬格雷歐沒什麼可疑之處嗎？」

「我們得知馬格雷歐從下午兩點到九點半，一直待在醫院。那個外國人擁有完美的不在場證明。」

「這樣啊。馬詰丈太郎的不在場證明也沒有問題嗎？」

「沒錯。我們已經證明那個男人在廣播公司。最後只剩下烏菈菈夫人，還有雙耳失聰的婆婆兩個人。婆婆在烏菈菈夫人回來之前，明明可以使用各種手段，她卻跑來警察局了。博士遭到殺害的時候，婆婆的確在家，這是無庸置疑的事實。不過，婆婆不會說話。如果犯人對人造人發號施令，那麼婆婆不可能是犯人。」

「原來如此，這樣一來就輪到烏菈菈夫人了啊。烏菈菈夫人回家，與殺害博士，請問何者比較早發生呢？」

「嗯，這個部分尚未釐清。你也知道啊，從驗屍來推測死亡時間時，會有二、三十分鐘的誤差嘛。……總之，烏菈菈夫人堅持不認罪，也讓大江山舉雙手投降了。」

「我認為殺害博士的人應該不是夫人哦。夫人跟那個外國人偷偷沉醉於外遇的戀愛當中吧，目前博士根本無力阻止，只要沒人打擾自己，能專心研究就行了，就這一點來說，妻子不會受到阻礙，可以自由行動。所以我根本不認為烏菈菈夫人會急著殺害博士。」

「欸，你有其他想法嗎？」

「沒錯。我站在她那邊。我反而比較懷疑約翰。他是不是利用了近代科學，明明人在聖瑪利亞醫院，同時又能殺害住在五、六丁遠的竹田博士。關於這一點，我非常希望能得到你的協助。」

帆村聽了雁金檢察官異想天開的想法，嚇了一大跳。怪不得他被奉為歷代檢察官之中的怪物，擁有超越人類的智商，受到人們的敬仰，他這番透徹的思考，只教人驚嘆。即便無法用科學來實踐，他銳利的判斷，仍然是直指心臟的想法。

帆村偵探無話可說，便掛上電話。

仔細想想，這果真是一件十分遺憾、又相當怪異的事件。他看了一下時鐘，正好是下午兩點。他打算再次前往昨夜的現場。

來到河岸邊的博士宅邸，聚集了不少來看熱鬧的人。想要撥開重重人牆，就是一件苦差事。

宅邸內的戒備，比昨晚更嚴格多了。他向認識的員警點頭致意，便一路走上三樓的大房間。

帆村看到昨夜見過的員警，說：

「哦，你還在值班啊。」

「不能休假哦。因為我是第一個來到這裡的人，所以不能離開現場。不過我們會輪流看守，去樓下睡一覺再上來。請您施展高招，快點找到犯人吧，拜託了，帆村先生。」

「嗯，我就是為了使出擅長的咒語，才會來這裡啊。可是啊，這個殺過人的房間，怎麼突然有點陰森啊。這是怎麼回事……」

說到這裡……，就在這個時候。房裡突然響起巨大的聲響。

「來看看股市下午的行情。新鐘……」

接著高聲朗讀詳細的數字。這只是收音機播報的股市行情。

「……你已經無聊到要靠收音機的股市行情來打發時間嗎？」

警官面露慍色，說：

「您、您別開玩笑了，帆村先生。股市行情能驅逐亡靈嗎？這臺收音機是自己開啟的，實在是很吵，我還想把它關掉呢，不過課長說要一切維持原狀，不能碰任何東西，所以我才放著沒動。」

「咦？維持原狀……也就是說，收音機從昨天晚上就一直沒關上嗎？可是很奇怪耶，昨夜我過來的時候，收音機沒開啊……」

「您說得沒錯。你們來到這裡，已經快要十點了。節目已經說完『各位晚安，請好好休息』了。今天早上，我還在睡的時候，被清晨六點的收音機體操吵醒，後來就一直被收音機的破鑼嗓子吵到現在哦。拜託您行行好，打個電話給課長，請他恩准我關上開關好嗎？」

「原來如此。這是個好主意。」

「咦？關上開關是什麼好主意嗎？」

警官十分驚訝，瞪大了雙眼。

帆村並沒有回答，拎著帽子便衝出房間了。警官目送著他的背影，用食指按著腦袋。

「唉，雖然帆村先生是個好人，看來這裡也怪怪的呢。真可憐。」

約莫十五分鐘過後。

博士的宅邸門口，突然傳來一陣騷動。警官從玻璃窗往下窺探，看見雁金檢察官、大江山搜查課長等大人物，陸續下車。

「哦哦，又要召開國聯會議了。」

一行人吵吵嚷嚷地走上樓梯。

「怎麼沒看到帆村？他還沒從廣播公司回來嗎？」

「咦，您說廣播公司嗎？……我沒聽說他要去廣播公司。」

「這樣啊。算了。原來如此。」

一行人看來相當開心的模樣，好像在等待什麼。

又過了三十分鐘，帆村再次現身。他的右手小心翼翼地拿著一本以藁半紙[7]裝訂的手冊。

「嗨，各位，讓你們久等了。我終於找到一本了。這本放在文藝部長的文

譯註7　以木棉抹布及稻桿製成，半紙大小的西式紙張。

件簍裡，我先討了過來。」

說著，他將那本手冊高舉到頭上。

眾人皆目瞪口呆。

「……大家準備好了嗎？我先唸介紹哦。十一月十一日，AK第一放送，從晚上八點到八點半，廣播劇《空襲葬送曲》原作及播送——馬詰丈太郎。這是全國直播的節目。」

說著，他翻開手冊的一頁。

「接下來，我們終於要開始實驗了，請各位到這邊來。接著，請一位在博士屍體所在的床上，放上外套與帽子。」

雁金檢察官的外套與大江山課長的制帽，一起擺在罩著白布的空床上。放在跟竹田博士屍體同樣的位置，這自然是不用多說了。等一下會發生什麼事呢？眾人都屏氣凝神，密切關注帆村的一舉一動。

「好了……接下來，我要唸廣播劇的劇本。不管發生什麼事，請各位都不要驚慌。」

說著，他站到房間的正中央，大聲朗讀。看來，他似乎在唸給箱子裡的人造人聽。不過，鋼鐵人動也不動。

帆村輔以手勢，一字一句，清楚地大聲朗讀。從前他曾經參加劇本朗讀會，唸得非常好。

在座者全都靜默不語，著迷地聽著東京遭到敵國轟炸機隊襲擊的段落。於是，第一場、第二場結束了，即將進入第三場。那是兩國艦隊在太平洋上決戰的場面。

「太平洋上，決戰一觸即發……」

帆村高聲叫著。

「艦隊旁，西風逐漸猛烈……」

他唸著旁白。這是昨夜，千葉早智子以十分沉穩的語氣誦讀的部分。

「……海面逐漸掀起波濤」

在座者有人發出「啊」的叫聲。

「啊啊，不好了。人造人動啦。」

「大家退到這邊。」

人造人發出嘎嚓嘎嚓的金屬聲，從箱子裡往外跨出一步。彷彿有了靈魂似地。

帆村面色慘白，繼續朗讀。

「砲聲愈來愈激烈了……」

說到「砲聲」，人造人緩緩地往前走了三步，終於走到房間的正中央。在座者全都安靜下來，縮在角落，緊貼著彼此的身體。

「砲煙宛如噴出墨汁一般，在波浪上匍匐行動……」

沒有動作。

「重油噗哧噗哧地燒著，逐漸擴散……」

「重油」的地方，人造人向左轉。

「砲彈也炸開了。炸彈跟毒氣也……」

「炸彈」的地方，人造人滋滋地奔跑，在博士的床前停了下來。看到這裡，眾人臉上都浮現顯而易見的恐懼神色。

「……發出可怕的爆炸聲，毫不間斷地落在對手之上。沒打中目標而落下的砲彈則掀起水柱，奔騰至高空中。煙幕源源不絕地……」

哇！

眾人慘叫。在「煙幕」的地方，人造人揮起鋼鐵的粗壯右臂，嘿嘿嘿地敲打床鋪。大江山課長的制帽立刻被砸爛，破了一個大洞！

帆村依然冷靜地繼續朗讀。說到「狂風」、「激浪」、「橫倒」這三個詞時，人造人採取不同的新行動，最後聽到「擊沉」一詞時，已經跟先前一樣，回到箱子當中。

唉。眾人不約而同地長嘆一口氣。

雁金檢察官如夢初醒地說：

「……帆村，謝謝。你的實驗非常成功。」

「沒什麼，最可怕的是馬詰丈太郎。他算準博士熟睡的時間，利用這種方式，讓他死於人造人之手。編作了巧妙交織著操縱人造人暗號的廣播劇，利用收音機對人造人發號施令。真是一個厲害的主意。不過，這也是今天通電話的時候，雁金檢察官給我的靈感，我才能發現。您果然是深藏不露的高手呢。像我這樣的平凡人，根本比不上您的一根汗毛。」

帆村打從心裡表示他的敬意。

馬詰丈太郎殺害舅舅的原因，不僅是為了成就他對烏菈菈夫人的非分之想，還想謀得舅舅的財產。經過偵訊後，得知他炒股失敗，向某人借了一萬多元的錢，正愁不知道該怎麼解決。

一年後，烏菈菈夫人離開了東京。沒有人知道她究竟上哪兒去了，不過，據說正好在同一時期，聖瑪利亞醫院的年輕馬格雷歐博士也辭職，返回祖國去了。

至於那具人造人，相傳在事件之後，被關在某個地方，再也不見天日了，不過，它到底關在什麼地方呢？沒有人肯透露消息。

# 貘鸚

她眞的是「曉團」的團員嗎？她又是爲了什麼唸錯臺詞，還把膠捲偸走呢？這件事跟錨健次的慘死，還有曉團與黃血社的鬥爭，又有什麼關係呢？眞是奇怪。圍繞著她的「貘鸚」之謎，到底會發展到什麼地步呢？

# 1

「好想去看電影的拍攝現場哦。」

因為那位私家偵探帆村莊六老是把這句話掛在嘴上，所以那一天（應該是五月一日吧），我一早就約他去了小石川的公寓。

說起他的工作性質，我想他應該是白河夜船[1]或是春眠不覺曉吧，沒想到我才剛敲門，他馬上就像兔子一般衝出來，倒是把我給嚇了一跳。

我立刻約他到拍片現場。我本來以為他會二話不說馬上答應，沒想到帆村竟然搖頭拒絕。

「我現在沒心情去片場。昨天晚上熬了整夜沒睡覺啊。」

「哦哦，你又碰上事件啦？」

「不是啦。我在家裡想事情。你要進來嗎？」

說著，帆村把我拉進家裡。

想事情……熬夜沒睡在想什麼事情呢？

「我要問你一個問題，你聽過『貘鸚』嗎？」

帆村突然問了一個異想天開的問題。

「ㄇㄛˋ 一ㄥ？……ㄇㄛˋ 一ㄥ是什麼？」

不明就理的我，反過來問他。

他露出苦笑，盯著我瞧了好一會兒，不久，他從胡亂放滿書本及文件的桌上，拎起一張三角形的小紙片，遞到我面前。

「這是什麼？」

我接過那張小紙片，仔細地調查正反面。背面是空白的，正面可以認出斷斷續續的字。

……0042……來自奇蹟般的幸運……貘鸚……

譯註1 睡到不醒人事。

看來這似乎是從信件之類的東西撕下來的碎片。原來如此，上面寫著「貘鸚」二字，不過我完全搞不懂這是什麼。

「這是哪裡來的？」

「你問我這個問題？我不就是為了說明事件，才把你拉進來的嗎？」

帆村嘲諷地說，不過他似乎比我剛進門的時候還開朗。他現在實在很需要一個談話的對象。

「這是祕密文件的某一部分哦。」

帆村的目光飄向遠方，說：

「我只找到三個不同的詞彙。我昨天想了一整夜，總算能推測出前兩個字的意思了。」

聽他說已經解開祕密文件，我的興趣油然而生。

「首先是數字 0042，仔細一看，可以發現這四個數字的前後都被撕破了，因此，不難想像前後還有其他數字。我大膽地猜測。這應該是指昭和十年[2]四月二十幾日之類的日期。用橫式書寫日期就能了解了。1042X……不過，月分也有可能是十二月那類的二位數，為了符合位數，所以四月可能不只標示為4，而必須寫成04。如果是這樣，在沒有間隔的情況下將年月日寫成數字，就會是10042X。所以這張紙片少了最前面的1，最後則少了可疑的數字X，顯示的是日期。這是所謂的六位數字式的日期標示法，最近的科學家很愛使用這種方式。還要注意一點，昭和十年四月二十幾日，今天是五月一日，所以是距今三天至十一天前的事。這是非常新的日期，也是非常重大的部分。」

我好久沒聽見朋友滔滔不絕地發表意見，只能沉默地點頭附和。

「另一句是『來自奇蹟般的幸運』，乍看之下是非常平凡的句子。」

帆村接著說：

譯註2　一九三五年。

「不過，在這乍看極為平凡的字句裡，不由得令我感到一股非比尋常的緊張感。也就是說，這並不是單純的幸運，而是本以為百分之九十九或是更不可能的**某件事**，實際上在千鈞一髮之際，順利成功了。在這句話中，有某種類似炸藥即將爆炸的一週之前，好不容易才把導火線熄滅，或是原以為打不開的降落傘，卻在離地一百公尺處張開了，總之隱含著在一瞬間征服重大困難的凱歌。正可謂是異想天開的一大事件發生了。到底是什麼樣的大事件呢？不過，接下來就難解了。最後剩下的一個線索就是『貘鸚』。怎麼會有這麼奇妙的線索！怎麼會有這麼難解的線索！……」

帆村以手肘撐在桌上，手心貼著額頭。我已經完全被帆村正在煩惱的事件吸引住了。

「喂，帆村。」

儘管我也沒有自信，但我還是叫了他。

「從前從前，源三位賴政[3]曾經打倒過一種叫做鵺[4]的動物吧。」

「嗯，你現在也想到那個嗎？」

帆村以一種憐憫的眼神看著我說：

「鵺是文化尚未發達之時的笑話啊。在一九三五年，怎麼還會有那種可笑的科學呢？」

「話倒不能這麼說。最近報紙不是才報導尼斯湖水怪嗎？」

「在無法確認怪物真面目的情況下，尼斯湖水怪也是一個笑話。你能想像一個頭部是貘、身體以下是鸚鵡的動物在銀座的路上散步嗎？」

朋友以嚴肅的表情質問我。我覺得有點害怕，只好把視線移開。這時，我

---

**譯註3** 源三位賴政（源賴政，一一〇四—一一八〇），平安末期的武將。

**譯註4** 《山海經》中的一種生物，狀如雉，而文首、白翼、黃足，也是日本傳說中的妖怪，曾出現在《平家物語》中，面如猴、身如貍、手足如虎、尾如蛇。

發現對面牆壁上，一本正經地掛著一幅原子筆畫的畫，那似乎是帆村畫的圖，那個物體的身體接著貘跟鸚鵡。看到那奇妙的模樣，我覺得很可笑，忍不住笑了出來。

我的朋友露出被發現醜畫作的失敗表情，笑嘻嘻地說：

「就是那幅畫的樣子，是不是很滑稽呢？不過，這份祕密文件的紙片，可不是一個玩笑哦。貘鸚這種東西，的確存在著。而且，兩、三天前，這隻奇獸（說不定是奇鳥）才出現。不管是哪一種『來自奇蹟般的幸運』，我想都不會是獸類跟鳥類通婚。」

「如果是手術的話呢？」

我突然想起一件事，試著提出來討論。

「什麼手術？知名的外科醫師，也許會出於好奇心來動手術吧，不過貘的身體有二．五公尺長，鸚鵡的大小還不到牠的五分之一。你覺得該怎麼接合呢？就算接合了，這個人又是為了什麼目的，接合貘跟鸚鵡呢？」

「你是說目的嗎？我想，從這起祕密文件事件的狀況，應該不難推論他的目的吧……」

「你說得對。」

帆村突然從椅子上站起來，在房裡走來走去。

「好，我跟你說說這起祕密文件事件的始末吧……」

這就是我最感興趣的部分。

## 2

帆村將雙手插在口袋裡，在房裡漫無目的地走著，自顧自地說起以下的祕密文件事件。

「昭和十年四月二十四日的早報，刊登了一則報導。上野公園動物園前方的森林裡，發現一名遭到刺殺的年輕男子。調查被害者的身分後，得知他是暴力幫派『曉團』的錨鍵次，也就是橋本健次（二十八歲）。說到曉團，歷史相當悠久，從江戶時代傳承至今的混混幫派，如今也加入流行的元素，成員都是一些年輕人。當時的團長叫做江戶昌，年紀差不多三十二、三歲，也是個年輕人。……問題在於是誰殺了錨健次，為什麼要殺了他，不過警方一直無法掌握消息。我去警察那邊的時候，正好有一個不可思議的匿名人物，打來一通重要的告密電話。『錨健次是在江戶昌的命令之下，被某個團員刺殺了。因為錨健次已經金盆洗手，離開曉團，到人稱江東冰王的怪人——金滿家田代金兵衛家當保鏢。不過，曉團看上田代金兵衛據傳超過一億元的財寶，所以想要利用過往的情分，拜託健次引路，卻被他拒絕了。因此，江戶昌最後一聲令下，將他刺殺。』聽電話的同時，警察早就安排好人手，企圖逮捕打電話來的告密人士，可是對方也不是省油的燈，才兩分鐘就把電話掛掉了。當駐守的巡警趕到時，公共電話亭就跟高塔一樣，安靜無聲。……你在聽嗎？」

帆村在我面前稍微佇足。我默默點頭，他再次慢吞吞地進行室內散步，繼續說下去。

「戶澤——警視廳裡最熟悉不良少年的名刑警，他十分肯定一件事，他認為這位謎樣的告密人士一定是黃血社這個祕密結社的一分子。黃血社是國際性犯罪組織，首領壩壩珍的手腕相當高超，老是幹一些不會露出破綻的壞事。同時持續整併暴力團體，逐漸擴展勢力。看來現在應該在策劃什麼驚天動地的大事。不過，就算是黃血社的壩壩珍，進了帝都，也沒辦法隨心所欲，現在也是有志難伸。尤其是江戶昌率領的曉團，儘管都是一些年輕人，但也有幾個腦筋還不錯的人才，每次都會在緊要關頭破壞他們的計畫。黃血社與曉團的對立愈來愈激烈，才會出現這起關於錨健次殺害事件的密告。戶澤名刑警因此肯定告密者一定是黃血社的一員。基本上，我也贊同戶澤的想法。我認為錨健次在世時，不可能不知道兩個暴力團體的對抗……。不過，我想要更確切的證據，所以，我在二十九日夜裡前往江東。我知道龜戶天神的小巷子裡，有一家基龍咖啡廳，那是曉團成員的聯絡據點……」

我想再也找不到其他人能像帆村這樣，比當地人更了解江東情況的人了。

曾經是帝都黑暗中心地的淺草，已經在關東大地震時毀於一旦，他說全都移到江東這一帶了。據說，新宿等新興的地區，只見熱鬧的盛況，卻完全看不見不良少年……，帆村從桌上拿起一根香菸，叼在嘴裡。

「到了基龍咖啡廳，我馬上就認出有團員守在外面。那是一個看似舞者、穿著洋裝的少女，年紀大約二十二、三歲吧。身材很好，胸部豐滿，腰際的纖瘦曲線，吸引著男人的目光，是個誘人的女性。不過，她的品格似乎稱不上美好了。倒不如說，她是利用姣好外型來掩飾醜陋內在的人。看到那個女人，我立刻走到她面前，向她打了一個暗號。那是曉團一流的暗號，就是緊貼在對方身上。我想你應該不知道吧，很可惜，我不會教你的哦，呵呵呵呵。……後來，她果然有反應了。女子把手從口袋裡伸出來，放在我的手心裡。我感到一個西洋紙張的質感。女子想把它交給我……」

說到這裡，帆村突然陷入沉默。他在房裡緩緩地繞了一圈，還是不發一語。

「後來怎麼了？」

我急著催他繼續說下去。

「……唉，我失敗了。因為我身體突然一僵，搞錯了曉團接收的儀式，從女子手中接過西洋紙張時——就是那份祕密文件。女子嚇了一跳，立刻把已經交給我的祕密文件搶走，我慌慌張張地把手往後一扯……結果手裡只剩下你看到的那張三角形小紙片了……。後來，我好不容易才保住一條小命，從基龍咖啡廳逃出來……」

說著，帆村隨意甩著還沒點火的香菸。不過，他突然轉頭面向我。

「如何？憑你的能力，能從以上的內容中，掌握到『貘鸚』可能是什麼東西嗎？」

「不行……」

我把頭往左右甩。

「連ㄇㄛˋ ㄧㄥ的ㄇㄛˋ都沒一撇。」

「果然還是不行啊。怎麼會有這麼難的聯立方程式啊。說不定，連方程式的數量都還沒收集齊全呢。」
「喂，帆村。你研究過貘和鸚鵡嗎？」
「當然啊。」
他有點不服氣地說：
「貘是哺乳類的奇蹄目，是貘科動物。外形近似犀牛，全身長滿短毛，尾巴短，鼻子跟上唇加起來，宛如短版象鼻。前腳四趾，後腳三趾。從上半身到腰部一帶為灰白色的大斑塊，其他部位幾乎都是黑色。……大斑塊的部分相當有趣呢。看圖就能了解（這時他指著牆上貘的照片），你看看，在身體這邊，看起來是不是像接起來的樣子？」
「嗯。所以呢……」
「所以？……貘的個性膽小，總是單獨躲在樹林深處，夜間才會出來吃草木嫩芽。不對，牠們還會吃其他東西。可別忘了，牠們會吃掉人類夜裡做的夢。產地在馬來西亞一帶……」

「夠了！」

我發出慘叫。

「不然換鸚鵡，他們是鳥類的鸚形目[5]鸚鵡科。雖然鸚鵡不是鳥的名稱，不過牠們的種類繁多，如虎皮鸚鵡、灰頭情侶鸚鵡、長尾小鸚鵡、雙黃頭亞馬遜鸚鵡、藍額亞馬遜鸚鵡、金剛鸚鵡、玄鳳鸚鵡、葵花鳳頭鸚鵡、小葵花鳳頭鸚鵡、鮭色鳳頭鸚鵡、粉紅鳳頭鸚鵡等等。其中，聽得懂人話，會模仿的則是雙黃頭亞馬遜鸚鵡、藍額亞馬遜鸚鵡、小葵花鳳頭鸚鵡、鮭色鳳頭鸚鵡、粉紅鳳頭鸚鵡。比較各種形態，先就虎皮鸚鵡來說，牠的頭跟翅膀是黃色……」

「我、我知道了，我承認，你的動物學造詣有一百二十分……」

我摀著耳朵站起來。對於背誦鸚鵡的種類，我可是一點興趣都沒有。

「什麼嘛，我才講了差不多三十五分耶……」

---

**譯註5** 原文作鵑形目，但鸚鵡應該為鸚形目。

「夠了。……不過，動物學的造詣無法通過偵探學的考試。只要知道貘會吃人的夢，鸚鵡會學人說話，這樣就夠了哦。」

「對，你說得沒錯。」

帆村擊掌。

「我想我太疲倦了吧，對了，為了對你的邀約表示敬意，請帶我去拍片現場吧。」

「樂意之至。」

我高興地起身。比起煩惱貘鸚的事，我認為看著美麗女演員的面孔再煩惱，應該快樂多了吧。不過，像我這樣一個凡夫俗子，豈能料到邀請帆村去拍片場，竟會讓我捲進一場攸關性命的重大事件。

## 3

來到賞櫻勝地的玉川河畔，花已經盡數凋零，只剩下葉櫻在堤防上，落下清涼的陰影，從今天起，時序已經進入五月了。

我帶帆村前往的東京電影片場，最新增設拍片用的隔音大型攝影棚，站在堤防上就能看得一清二楚。

走進入口，熟識的警衛立刻堆著笑臉走出來。

「請問這位是？」

「這是我的好朋友。他叫做帆村……」

「好的。……不過，要請您注意一點，太深入可不是一件好事哦。」

警衛一臉正經地說著別有深意的話。

「您說深入什麼？」

「……」

他露出「連這都不懂嗎？」的表情，隨後說：

「就是那件事啊，三原玲子小姐。您贊助的那位……」

「喂喂。」

我瞄了帆村一眼，他似乎著迷地看著製片廠這個巨大的建築物。

「三原玲子怎麼啦？」

「前陣子，刑警毫不客氣地來了一趟哦。聽說把她脫得精光，調查了一遍。」

「這是越權行為吧。把她脫得精光是什麼意思……」

「原本應該把她帶去警察局的，不過廠長說她現在沒辦法離開，千拜託萬拜託才同意的。不過要在桐花霞的見證之下，接受裸體檢查。」

「她做了什麼嗎？」

「我也不太清楚，他們好像在找什麼東西呢。可是，從三原小姐身上並沒有發現什麼可疑的物品，所以放她一馬，其他還有男演員跟打光師，兩個人都被拘留了，現在還沒回來呢。總之，**助導**要您別碰三原玲子小姐了。」

「你胡說什麼啊，哈哈哈。」

我來到帆村等候的地方，邀他前往攝影棚的方向。

「剛才提到三原玲子小姐，她怎麼了？」

帆村當然聽得一清二楚。

我只覺得十分害羞。不過，我想怎麼也瞞不過他，便老實向他說了事情的經過。三原玲子是東影重要女演員桐花霞的徒弟，是剛嶄露頭角的新人女演員，她跟我都是L大學的理科旁聽生，所以我們才會認識。玲子的外貌並不是非常出色，因此很少躍上大螢幕，平常都在打點桐花霞的瑣事，受到她的關照。在這個八卦的世界，人們都謠傳玲子跟桐花霞是同性戀，才會受到她的特別關照，不過那肯定是胡說八道。……我只知道這些而已，帆村一直盯著我的臉，都快把我的臉盯出一個洞來了，不久，他噗哧一笑……。

經過幾道嚴格控管的大門，我們終於進入拍片的攝影棚。一進到裡面，所有噪音都被厚重的不織布牆面吸收了，只覺得耳朵嗡嗡響。我試著發出聲音，卻只傳出乾巴巴的聲音，感覺好奇怪。大廳正中央擺著銀座的長方型布景，在前方展開現代劇的攝影。眾多男女演員，穿著各式服裝，聽從只穿一件襯衫的導演指揮，一下子往左、一下子往右。……長得像捕蟲籠的麥克風，宛如在深淵垂釣一般，這邊掛了一個，那邊又掛了一個。

「你看，那位就是桐花霞。」

我向帆村指了主演的女演員。

帆村似乎不怎麼感興趣，只顧著仰望片場的天花板。

「順便跟你介紹，那邊那個正在塗口紅的，就是那位三原玲子小姐。」

「三原玲子？」

帆村這才把視線從天花板移開，望向觀眾的方向。

「哦哦，那個女人啊……」

帆村好像嚇了一跳，緊緊握住我的手，瞪大眼睛。我不知道發生了什麼事，看來，他似乎早就見過玲子。

「喂，我們走吧。」

明明才剛進來，帆村卻硬拉著我往外走。

我覺得有點不高興。抱怨的話才說出口，帆村連忙安撫我。

「冷靜聽我說，別激動哦。那個叫做三原玲子女人，就是曉團的成員呢。不瞞你說，在基龍把祕密文件交給我的，就是那個女人。」

「你說什麼？玲子是曉團成員……」

真是太意外了。為什麼偏偏是玲子跟曉團扯上關係呢？我想起方才在警衛那裡聽到的話。看來我應該快點告訴帆村。

「我現在暫時不想被玲子發現。」

帆村一臉嚴肅地說：

「不過，我想要確定她就是那個女人。有沒有照片能讓我看看？」

「可能要找找耶……」

「最好是會動的畫面……我想看影片。你覺得試片室有嗎？」

我們應該沒辦法踏進試片室吧。我想帶他到剪接室應該是最簡單，自由度又最高的方法。……聽我說完，帆村滿意地用力點頭。

剪接室距離攝影棚非常遙遠。在那邊工作的人，都是我認識已久的朋友。

「可以幫我播桐花女士的影片嗎？他說他想看……」

說著，一名叫做木戶的剪接師走出來，輕易接受我們的請求。

「讓你們看看現在拍到一半的《銀座萌芽》前半段好嗎？」

帆村跟我走進狹窄的剪接專用試片室，放下黑色的簾幕。

「搭好攝影棚之後，收音效果好多了……」

木戶在放映室裡向我們誇耀。不久，小小的畫面上流瀉出聲音，十分突然地播起現代劇《銀座萌芽》尚未上字幕的畫面。

帆村在我旁邊，認真盯著畫面，不過三原玲子一直沒出現。過了一會兒，他湊近我耳邊低聲說：

「我覺得有點好笑。……桐花霞的聲音，比現實中好聽多了吧，剛才聽過她說話，這應該不是桐花霞的聲音。」

坦白說，這個問題讓我被帆村敏銳的注意力嚇了一大跳。

老實說，……這可是公司的重大機密……，他們在桐花霞的破鑼嗓子動了手腳。進入電影時代，桐花霞正是應該從電影界消失的破鑼嗓子。不過，她又是某位董事包養的情婦，於是勉強找了個藉口，讓她免於消失在螢光幕上。儘管是公司的董事，也不可能坐視公司電影的人氣滑落，才會想出這個法子。……三原玲子其實是桐花霞的「替聲演員」。

替聲演員，就這樣，三原玲子扮演著公司的機密角色，協助桐花霞。這個角色很奇特吧？因為這個原因，一般粉絲幾乎不知道三原玲子的存在。……我簡短地告訴帆村這件事，就連他都無法接受這個事實，頻頻搖頭，低聲說：

「不見身影的女演員……我好像在哪裡聽過這個字眼……」

## 4

桐花霞是人稱銀座小姐的美人胚子，三原玲子則是黑幫情婦，只能在小巷的小型咖啡廳當女服務生，故事圍繞著一名大學生，逐漸進展，看到正精彩的時候，試映畫面戛然而止……。

「如何？要不要再看一集？」

木戶笑瞇瞇地從房裡走出來。我看著帆村。……他那沉浸於思考當中的迷濛眼神突然對焦，說：

「……剛才電影結束的地方，有點怪怪的耶。在咖啡廳的場景，三原玲子小姐等女服務生全部走出來，吵吵鬧鬧地送賞花的醉漢離開，畫面好像一下子跳走了，不連貫哦。」

「真的嗎？」

木戶露出驚訝的表情說：

「我剛才可能剪接到錯誤的畫面了。」

木戶進入房裡，把裝著電影膠捲的圓鐵罐拿出來。接著他以熟悉的動作，將膠捲拉開，對著窗戶檢查。

「哦哦，我知道了。」

木戶突然停下手邊的動作：

「幾天前，有個傢伙剪走一截膠捲，直接接到後面，才會出現不連貫的畫面。我也有發現，所以放在旁邊，可能是有人搞錯了，把它接到剪接完畢的膠捲上吧。」

「有人把膠捲剪走了？」

帆村把身體向前傾。

「是什麼精彩的畫面嗎？」

「倒也沒什麼看頭。女服務生吵吵鬧鬧地送醉漢出門，哪會有什麼好畫面呢？」

「那不是很奇怪嗎？」

「嗯，如果要說奇怪的話，倒也是蠻奇怪的啊……」

「什麼意思？」

「木戶，他對偵探很有興趣，所以喜歡追究這種奇怪的細節，你就跟他說吧。」

聽了我的說明後，木戶說了「原來如此啊」，接著擺出非常認真的表情，說起膠捲被剪走的怪事。

……這捲膠捲是四月二十九日拍攝的部分（二十九日，不就是玲子被刑警調查的那天嗎），不過，顯影後再送到我們剪接部這邊來，則是五月一日[6]早上。接著他用放映機播映膠捲，同時對照劇本，調整聲音與畫面。然而，到了那幕「咖啡廳送別」的地方，玲子的臺詞出現明顯的錯誤。於是他在劇本劃上紅線，同時將「咖啡廳送別」那一段的膠捲另外存放，向導演報告。

導演打電話過來，回答他「那一幕跟故事劇情沒有直接的關係，所以維持原狀就行了」。等一下再請打雜的把膠捲送去給導演。導演說這樣就行了，他還要跟目前正在旅行的劇務組長討論，於是他就這樣分開來擺著，今天早上才發現那段膠捲被人剪走了。

「我實在是想不通。」

木戶特別強調句尾，

「最不可思議的是，膠捲被剪走的地方，正好是臺詞說錯的部分。如果說這是偶然的巧合，未免太巧了吧，我覺得一定是有人故意剪走的。我也跟導演說過這件事，原本打算等一下詢問說錯臺詞的本人三原玲子。……怎麼樣？是不是很不可思議？」

「……」帆村似乎很激動，沉默地捏著下巴。

想到我們三原玲子僅僅在這半天裡，就在不可思議的謠言之中載浮載沉，我覺得相當可怕。她真的是「曉團」的團員嗎？她又是為了什麼唸錯臺詞，還把膠捲偷走呢？這件事跟錨健次的慘死，還有曉團與黃血社的鬥爭，又有什麼關係呢？真是奇怪。圍繞著她的「貘鸚」之謎，到底會發展到什麼地步呢？

帆村突然開口說：

「木戶先生，你知道三原小姐唸錯哪些臺詞嗎？」

---

**譯註6** 原文為三十一日，不過四月沒有三十一日。故事開頭提到這一天是五月一日。

木戶點點頭，走出房間，很快就拿了一本暫時裝訂的劇本進來。封面大大地寫著《銀座萌芽》。

「就是這段哦……」

他看了翻開來的地方，油印的文字被紅色鉛筆劃掉了。那一句是玲子飾演的女服務生直美的臺詞。

「……要馬上回家哦。可別繞到別的地方去囉。如果你不聽話，下次會好好欺負你哦……」

這是原本的臺詞，拍片時，她實際說的臺詞，則是「欸，這樣啊，你說太太不在，是騙人的吧？外面很冷哦，真的。啊，好冷。」

原來如此，這段話夾在前後臺詞之間，有一點奇怪。

「這下子好玩了……」

帆村將內容抄在筆記本上，

「……アラマソーオ、マダムイナイノ、ダマシタノネ、ソトハサムイワ、マサニ、オオサム……。（欸，這樣啊，你說太太不在，是騙人的吧？外面很冷哦，真的。啊，好冷）這下子好玩了。」

他一直說著好玩，重複讀著同一個句子。

「帆村，她為什麼會說不同的臺詞呢？」

「這是一種暗號哦。……超越『貘鸚』的密碼。」

帆村說話的時候，入口方向突然傳來吵吵鬧鬧的人聲，有人踩著匆促的腳步，往這邊走過來。……我轉頭望向門口的方向。

這時，推開門走進來的，是我也見過的人，警視廳的戶澤刑警。

「這是……」

戶澤名刑警一臉驚訝地望著帆村，毫不隱瞞地說：

「帆村，大事不好啦。」

「出了什麼大事啊？戶澤先生。」

對於戶澤刑警的突然造訪，帆村也露出些許驚嚇的神色。

「我們今天得知，江東冰王田代金兵衛失蹤了。」

「啊，那位田代嗎？」

「真是太大意了。經過我們調查的結果，他在上個月二十九日，也就是三天前失蹤了。完全沒有人發現這件事……」

他似乎十分悔恨。

「應該不是出門旅行吧？」

「怎麼會？不是去旅行哦。連家門都沒鎖，客廳、臥室，還有地下室的入口全都開著，看起來明明應該在家裡，可是人卻不見了。」

「那座位於地下室，田代自豪的巨人金庫怎麼了呢？」

「哦，你也知道巨人金庫的事啊。」

戶澤刑警露出微笑，

「金庫外表沒有異常，不過我們找不到暗號，正愁不知道該怎麼辦呢。」

「哦，暗號嗎？」

帆村不假思索地反問。

「他是黃血社跟曉團的目標。黃血社還想在那座金庫正上方蓋房子、挖地道呢。……這回終於被人抓住狐狸尾巴啦。不過，金兵衛的失蹤，跟之前的警衛錨健次的殺害事件一樣，肯定是曉團幹的好事。……目前本廳還在追查曉團，但是他們很機靈，以團長江戶昌為首的團員，全都不知道上哪兒去啦。這種事可是前所未見啊。我們不良少年組都不敢大聲說話，我再也抬不起頭啦……」

名刑警按著他那夾雜著明顯白髮的平頭，一臉落寞。

「原來如此。所以曉團跟黃血社為了田代老人的金庫，即將決一生死吧。」

帆村問：

「對了，你怎麼會在這裡？」

「我嗎？我是來逮捕曉團的成員三原玲子……」

「三原玲子怎麼了？」

「剛才還在這裡呢，不知道躲到哪裡去了。哈哈，我們真的太大意了。」

名刑警發出空虛的笑聲，自嘲一番。我有點擔心老刑警，不覺眼頭一熱。

「……我幫你找吧，戶澤先生。」

帆村毅然開口。

「你要找？」

刑警望著帆村，

「那就拜託你啦。……不過，江戶昌也豁出去啦。你可要小心一點。」

## 5

「欸，這樣啊，你說太太不在，是騙人的吧？外面很冷哦，真的。啊，好冷……」

帆村完全不顧決戰的發展，坐在自己家裡的書桌前，像在自言自語一般，嘴裡一次又一次地重複唸著三原玲子說錯的那段臺詞。……說到暗號，他似乎完全忘了「貘鸚」的事。「這段話裡，一定藏著暗號。這一定是開啟江東冰王那座巨人金庫的密碼！」

基於這股信念，帆村對新聞不理不睬，只顧著把全副心思都拿來解讀這段暗號。……在這段期間裡，多位專家出馬，旋轉江東冰王的金庫，調查金庫的構造，不過大金庫儼然就像一座巨石，動也不動。

同時，警方也持續追查曉團，他們卻像從天花板內部撤退的老鼠，沒有人知道他們的下落。

壩壩珍將比較聰明的黨員叫到他的巢穴，開了好幾場首腦會議。根據線報，他們討論出一個結果，想要趁曉團不在的機會，趁警備鬆懈之時，從那座金庫裡，奪走金兵衛那時價一億多元的財寶，同時，他們也討論了要整理努力蒐集來的曉團機密，交給當局，一口氣葬送曉團。

「到底藏在哪裡呢？」

過了兩、三天，擠在巨人金庫前的特別警備隊也開始鬆懈了。他們開始覺得這座空虛地吞下億元財產的巨大金庫，十分可恨。

這時，我的朋友帆村彷彿成了幽靈，飄進那座洞穴裡。……警備員見了他，便諷刺地向他打招呼。

帆村沉默不語，從口袋中掏出筆記本。右手伸向轉盤，左手按著開關，就著我為他拿好的手電筒光線，一個又一個地試著他解讀的字句。……不過，今天的努力又白費了。

「不出兩、三天，應該就會放把火燒了它……」

我們聽到這樣的耳語。這是我們今天唯一收到的嘲諷禮物。

回到家裡，帆村默默地，又在白紙上，以鉛筆寫字，像在畫圖似地。

我建議他。

「怎麼啦？要不要休息一下？」

「我快要解開了……。你看看這個。」

帆村讓我看了寫著下列字樣的紙片。

ムサオオニサ、マワイ、ムサワトソネノタシ、マダノイナイ、ムダマオオソ、マラア

「把那句話倒過來寫，就會變成這樣哦。你注意看看，ム跟マ交錯出現吧。我認為這一定是答案，ム跟マ表示金庫旋鈕的旋轉方向，要往右或往左。所以ム跟マ會以一定的間距，交錯出現。」

「哦哦。」

我被帆村的熱情壓倒了。

「不過，真是可惡啊！都已經解到這個地步了，實際進行時，巨人金庫根本一動也不動啊。」

帆村咬牙切齒。

「我想沒有其他答案了。但就是打不開啊，到底是哪裡搞錯了呢？」

帆村扔掉那張紙，猛抓頭髮。

「喂。」

我畏畏縮縮地開了口。

「先別管那句『太太怎麼了』，之前的『貘鸚』怎麼啦？」

「唔？『貘鸚』嗎？那個已經解開了……」

「什麼，你知道『貘鸚』是什麼了嗎？真是太棒了。快告訴我吧。」

我高興地差點跳起來。怪物「貘鸚」到底是什麼東西！

「不過，在解開玲子的臺詞之前，我不會說的。說不定我的答案是錯的。」

「要是有關係的話，那不是很好嗎。快告訴我啦。」

「關係？當然有啊。」

帆村望向遠方，說：

「首先『貘』吃夢，『鸚』則是……」

這時，帆村的臉好像在抽搐。他突然將顫抖的手指放到嘴邊，瘋狂大叫……。

「我是笨蛋。為、為什麼沒想到這件事！」

「這件事是哪件事啊？」

我也慌慌張張的，不得不開口問了這種蠢問題。

「嗯，我現在想通了。來，你看看這個。」

帆村的臉整個泛成朱紅色。他抓起鉛筆，拉過白紙。

「アラマソオオ、マダムイナイノ、ダマシタノネ、ソトハサムイワ、マサニ、オオサム……」

他用片假名寫下那句臺詞。

接著他又取來另一張紙，再次用鉛筆疾書，沒想到他寫的是假名的羅馬拼音。

ARAMASOO-MADAMUINAINO-DAMASITANO

NESOTOWASAMUIWA-MASANI-OOSAMU

「看好囉。我要把它反過來寫。」

UMASOOINASAMAWIUMASAWOTOSENONATI

SAMADOONIANIUMADAMOOSAMARA

「完成了。底下畫面的UMA是『往右轉』，SAMA則是『往左轉』的意思。

然後再把它改回假名。」

往右轉：ソオイナ

往左轉：イ

往右轉：サヲトセノナチ

往左轉：ドニアニ

往右轉：ダモオ

往左轉：ラ

「怎麼樣！這不就解出來了嗎？這就是巨人金庫的鑰匙！」

我啞口無言，盯著這個解開來的暗號。我真是搞不懂，為什麼這樣就解出來了。不過，帆村歡天喜地在房裡邊跳邊跑，一下子拿外套，一下子拿帽子。

「快走吧。我們一定要趕快瞧瞧巨人金庫裡面放了什麼！」

我們急急忙忙往外跑。

「為什麼這樣就解出來了？」我提出我的疑惑。不過帆村很堅持打開金庫才能說，而且他問了別的問題，勾起我的興趣。

「喂，你覺得金庫裡面放了什麼？」

「我當然知道啊。當然是江東冰王那一億多元，讓人目眩神迷的財寶吧。」

「讓人目眩神迷的財寶？那些東西早就不在了啦。江戶昌發動曉團的所有成員，把它們全都搬走了啦。」

「不然裡面放的是什麼？……金兵衛的屍體嗎？」

「說不定是哦。」

巨人金庫的大門，終於打開了。

帆村解讀的暗號，一字不差地答對了。

金庫之中，根本沒剩下任何一件財寶。裡面的東西，其實遠遠超乎我們的預料。到底是什麼呢？

那是超過三噸的大炸彈。看到這出人意料的遺留物，就連來查看金庫的相關員警，都「啊」地慘叫一聲，一起逃到出口。……帆村跟我拆除了設計精美的精密定時炸彈。距離爆炸的時間，只剩下三小時。如果帆村解讀的速度，再晚個三小時的話，後果不知道會如何呢。江戶昌真是有夠過分。

我詢問帆村：

「江戶昌設計這場大爆炸的用意是什麼呢？」

「這就是江戶昌駭人的智慧啦。他拿了財寶還不滿足，還想要引爆巨人金庫，把黃血社的幹部們全都幹掉。你知道吧？這座金庫上方，是同樣對金庫虎視眈眈的黃血社巢穴。他們也打算讓曉團的機密灰飛煙滅。……走吧。別在這種地方待太久。」

帆村把我趕到外面。

外面，新鮮的嫩葉在板凳投下涼爽的樹蔭。時序已經完全進入初夏時分了。

帆村坐在板凳上，點了一根菸，看似十分美味地抽著。

「對了，帆村。『貘鸚』怎麼了？你剛才都沒講耶。」

「啊啊，『貘鸚』本來就不會出來啊。」

他開心地笑了，

「在那之前，先聊聊解讀暗號的事吧。我一直往我覺得正確的方向解讀，可是失敗了，因為我一直兜著那句『アラマソーオ』的假名繞來繞去，所以失敗啦。後來我改用羅馬拼音，再把它反過來寫，這才終於完成解讀作業。至於我為什麼會想到這一點呢？因為把這些字反過來的時候，子音跟母音就會被拆開來，子音會套上隔壁的母音，母音又會對上隔壁的子音。アラマ這個字的發音，反過來並不是マラア，而是以羅馬拼音反過來的AMARA，也就是アマラ啊。マラア跟アマラ，文字排列差得可多了。」

「原來如此。」我十分佩服。

「至於我為什麼會發現呢？暗號的源頭就是三原玲子那句說錯的臺詞。本來以為暗號應該是文字，不過我錯得可離譜了，我想我也要思考用講的暗號。尤其是現在，它可是一句臺詞呢。……三原玲子從江戶昌手中拿到那個寶貴的暗號，負責保管。江戶昌在二十三日晚上殺害錨健次，也是為了取得暗號，已經洗心革面的健次堅稱他不知道。江戶昌害怕機密洩露，不得不殺了他，又在二十九日，直接擄走田代金兵衛。後來他搶走暗號，將暗號傳給做事小心謹慎的三原玲子。不過，還是遭到刑警懷疑，追了過來。雖然玲子接下暗號，卻不知道該怎麼處理。追兵已經兵臨城下。再這樣下去的話，暗號的紙條一定會被找到的。……沒有錯。後來她真的被剝光調查了。……這時，她心生一計，利用片場的膠捲說出暗號。這套可以化為口語的完美暗號，正是曾經跟她交往過的錨健次想出來的，所以她也順利完成了。也就是說，玲子在危急時刻，把暗號輸入膠捲之中，逃離危機。其實，那就是『貘鸚』。貘鸚就是電影，貘會吃人的夢，吃掉成為億萬富翁的夢。」

「什麼嘛，原來『貘鸚』是讓電影吃下暗號的意思嗎？」

「後來偷走電影膠捲的人，當然是玲子。如果不把那一段偷走，暗號馬上就會被發現了。你問我為什麼？只要把那段影片反過來播放，不需要我這麼麻煩的程序，自然能說出解讀文啊。我想要入手的祕密文件上，應該也寫著『已經貘鸚了請放心』之類的字眼吧。我只是舉例說說啦……」

後來，他在紙上流暢地寫下這段話。

1 0 0 4 2 9 **遭到緊急追捕，來自奇蹟般的幸運**、暗號文本日已完全貘鸚。　玲子

至於上億財寶、曉團、江東冰王怎麼了呢？目前還是找不到線索。

# 柿色紙氣球

我們這群人每天都在黏紙氣球。寬廣的水泥地房間裡，鋪著薄地板，我們就在房間的角落進行氣球作業，分成四組，幾乎每天都在黏氣球。這是監獄裡最華美的手工。

「咦？原本躺在這裡的病患呢？」

氣色宛如蘋果般紅潤的護理師大叫。在她的面前，則是一張空盪盪的病床。

「喂，妳有沒有看到？」

她詢問附近一名臉色水腫泛青的護理師。

「欸，我沒看見哦。」

她停下正在編毛線的手，看了鋪著凌亂床單的病床一眼。

「欸，真的耶。人不見了。」

「他、他上哪兒去啦？」

「是不是去廁所啦？」

「哦哦，廁所啊。有可能……不過有點奇怪耶。他不能去廁所啊。」

「為什麼？」

「要說原因呢，他啊，就是……那個啊，他有痔瘡的毛病。所以要用鐳來燒。妳知道吧。也就是把鐳插進肛門裡，所以不能去上廁所哦。」

「因為他還在治療吧。」

「這也是其中一個原因，要是上廁所的時候掉了，那個鐳非常小，很怕到時候找不到呢。」

「對啊。鐳好像很貴呢。」

「是啊，護理長也說過這件事。它跟鉛筆芯一樣粗，長度只有一公分，聽說要價五、六萬元呢。啊啊，糟啦，要是不見就糟啦。我去廁所找一找。不過，萬一找不到的話，我該怎麼辦才好啊？」

「這樣啊，妳快點去找吧。」

「對啊，啊，糟糕啦！」

氣色跟蘋果一樣紅潤的護理師，瞬間多了幾分青森蘋果的青綠色，匆匆忙忙地跑出病房。

本來以為她離開了，結果不到五分鐘就回來了。與其說是回來了，倒不如說更像是衝進來的。她的臉完全沒有血色，一片慘白……

「啊啊啊，我到處都找不著那個人啊。我該怎麼辦？啊啊啊！」

她撲到宛如金蟬脫殼般的病床上，不顧周遭的情況，哇哇大哭了起來。也許是被她奇特的哭聲嚇到，護理長衝了過來，同事也都聚集過來，最後就連醫務行政室的門都開了，除了主任之外，其他醫師都穿著飄逸的白袍，接二連三地打探哭聲的來源。

關於後來醫院內的騷動，應該不用再多加說明了，畢竟有一名肛門插著要價三萬五千元的鐳的病患下落不明了。姑且不管病患上哪兒去了，也許鐳真的掉在走廊的某個角落了，此時別說是事務員，就連護理師都總動員，全面搜索。

「沒有……」

「到處都找不到。」

「這下子麻煩了。不過太小了，根本無從找起嘛。」

不久，走廊便貼出大大的海報。標題是以紅色墨水圈起來的「懸賞」字樣，鮮明的墨跡寫著「發現鐳的人，將致贈五百元獎金」。海報貼出來之後，又引起一陣騷動。

後來，找不到的終究還是找不到。即使出動懸賞五百元的威力，還是沒找到鐳。畢竟它的粗細跟鉛筆芯差不多，長度也只有一公分左右，要是掉在走廊，可能會被風吹走，要是掉在廁所裡，說不定被水沖走，那就更難找了，如果一直留在病患體內，沒有人知道病患的下落，也無跡可循。

醫院在辦公室召開相關人員的緊急會議。最後認為病患是專程來偷鐳的，他們認為這是最有力的說法，同時也有護理長擔心病患在不知情的情況下，將鐳置於肛門三十分鐘以上，導致肛門周邊因鐳造成無可挽救的腐蝕，病患可能會因此命在旦夕。不過，到底是誰偷走的呢？沒有人能回答這個問題。

關於這起事件，如今大家還有多少印象呢？那起「病患懷鐳失蹤事件」，經過報紙的報導後，距今已是五年多前的往事了。

也許有人對那起事件十分感興趣，對後續消息十分期待，不過我想他們肯定大失所望了。因為，後來既沒有逮捕那名病患的消息，也沒有員工找到鑷、領到五百元獎金的報導。自此之後，這起事件就杳無音訊，再也沒有下文了。

五年多後的今天……

藉著這個機會，我要先感謝各位，讓我有這個機會，能發表那起「病患懷鑷失蹤事件」的真相及後來發生的事。

當時要價三萬五千元的鑷怎麼了呢？那名插著鑷的病患後來又怎麼了呢？關於病患，首先要請各位放心。體貼的護理長、曾經擔心他的記者們，那位病患完全沒事，請你們放心。也就是說，那名病患沒有因為鑷喪失性命，幸運得救了，而且現在還活蹦亂跳，不只活蹦亂跳，還能像現在這樣，在稿紙上寫字呢。

老實說，那位失蹤的病患，正是在下本人。我不介意說出我的本名。丸田丸四郎——這就是我的本名。

既然我都報上名字了，我想各位一定會先問一個問題。

「你怎麼會從醫院的病床上消失呢？」

關於這一點，我會老實回答。

「那是早就安排好的計畫……」

早就安排好的計畫。也就是說，我在插入鏞的狀態下，一直躺著等待，雖然只躺了一下下。醫生與護理師對於我會乖乖躺在床上一事，感到深信不疑。

「不要動哦。一下子就好了。」

醫生對我說完後，又對護理師說：

「注意哦。二十分鐘哦。……我會待在醫務行政室。」

「不要動哦。一下子就好了……」

說著，她愛惜萬分地將印著千惠藏[1]的電影雜誌貼在那宛如紅蘋果的臉

---

譯註1　千惠藏（山岡千惠藏，一九〇三—一九八三），日本影星。

頰上，啪嗒啪嗒地走到另一頭去了。大概是要把千惠藏還人了，覺得十分捨不得吧。

於是，我極為自然地，掌握住從病床起身與逃離的機會。附近有另一名臉色水腫泛青的護理師，她只顧著織毛衣，沉浸於編織的樂趣中，我的病床不在她的管轄範圍之中，所以她對我的行為漠不關心。因此我就光明正大地逃離那間病房了。

我立刻去了廁所。

將門鎖好之後，我熟門熟路地將手指探向身體的一部分。於是我摸到那裡果真垂落兩條紮實的細繩。

「唔唔。」

我一邊吐納，同時用指尖將那條繩子往外拉。果然有一股拉扯感。接下來有東西滑出來，那是一個宛如步槍彈殼的細長容器，鐳就裝在裡面。

我將它放在白紙上，露出獰笑。

「拿出去隨便賣一賣，也能……至少有三萬元吧？」

我將白紙捲起來，隨手扔進和服的袖袋裡。接著開心地按著悸動不已的胸口，順利混進大門的人潮之中，逃脫了。

就這樣，我終於按照原訂的計畫，順利完成苦心研究的活動。於是，我終於能擺脫看不到未來的小職員身分，可以回到鄉下老家，過著悠然自在的生活，這股喜悅讓我直發抖。

也許有人會問：

「你馬上就把鑷處理掉了嗎？」

馬上處理，一般來說，只要是冠上竊賊之名的人，都會這麼做，是極為平凡的手法。同時也是拙劣的手段。……我可沒有採用這樣的手段。

接下來，我開始進行第二階段。那是非常異想天開的計畫。我立刻前往日本橋的某家百貨公司，來到貴重金屬賣場，執行一場任誰都會發現的偷竊行動。我終於遭到逮捕。這樣就沒問題了。

至於為什麼要這麼做呢？因為自從那一天起，我就無法自由行動了。等到預審[2]結束後，我被移送到郊區的監獄。不久接獲判決處分。

「對被告求處五年有期徒刑！」

我終於成為監獄的受刑人。等到我終於安定下來，我感到十分放心。

這時，世人早已將「病患懷鑷失蹤事件」拋諸腦後。醫院遍尋不著，應該也放棄了。至於警察呢，不管知不知道有我這個真兇，他們已經把我當成慣竊關在牢裡。此時不管尋遍大街小巷，都不可能找到犯人。於是，這起事件便巧妙地隱藏在盲點之中。

事情的進展非常順利，唯有一道難題。

「有什麼問題嗎？」

獄卒從我單人牢房的窗口，窺視著房裡。

「唉，我有一點困擾……」

「困擾？什麼困擾？」

「我有痔瘡。還蠻痛的，晚上都睡不好。」

「剛進來的人，沒一個睡得好啊。扯什麼痔瘡，少在那邊裝可憐。」

「是真的，我沒騙人。不然請您幫我看一下。我現在就脫掉內褲，您幫我看一下。」

「白、白、白痴啊。」

獄卒慌忙怒吼。

「我又看不懂。我幫你呈報，再等一、兩天吧！」

獄卒重重地關上窗戶的蓋子，走向遠處。

我皺著眉頭，躺在只鋪著藺草席的床上。

現在回想起來，也怪不得痔瘡會惡化了。去那家醫院的時候，痔瘡真的很嚴重了。接著又接二連三地從事一些汗流浹背的活動，利用那個人肉口袋來藏

---

譯註2　日本舊刑事訴訟法採行的制度。先由法官審查是否有充分證據，再決定是否將被告人交付審判。

鏞，利用的時間其實超乎正常的分量。結果導致患部惡化。我也不知道是過度掏弄內部造成的，還是讓鏞長時間接觸患部造成的。

話說回來，確定成為受刑人的時候，我做了一個極為困難的冒險。當時，我的持有物統統被沒收，全裸著身體被扔進來。之前，鏞一直放在我的口袋，從這個口袋換到另一個口袋，頻繁地進進出出。如果在同一個位置放太久，即使隔著一層襯衫，鏞附近的皮膚都會被鏞灼燒。不過，當我被剝光，再領到領口繡著號碼的柿色制服時，這時可不能再用老方法來放鏞了。雖然只要放在衣服裡就沒問題，但是如果整整五年都放在同一個位置，我想衣服的布料一定會碎裂，鏞可能會不知不覺從衣縫中掉落。我也想過在鈕釦鑽一個洞，把鏞嵌在裡面的方法，不過，不管是衣服布料還是馬蹄做成的鈕釦，遇上鏞的威力，一樣都會碎裂。……最後，我穿著柿色制服的時候，也只能將鏞放在人肉口袋裡，才能不著痕跡地帶進單人牢房裡，我也想不到更好的方法了。

就這樣，我人肉口袋的患疾又更加惡化了。在適當的時間內，以鏞接觸患部，的確能以驚人的速度迅速治癒患部，不過，使用過度則會造成嚴重的後果。

「喂，一九九四號，出來。」

「唉……」

「我要帶你去醫務室，快出來。」

「唉……」

我把鐳藏在打掃用的掃把頭裡，再跟在獄卒的身後，來到外面。

（哦哦）

對面的一二二二號從小窗子探出一張臉，向我送暗號。他是我進入這所監獄以來，第一個交到的朋友兼學長。本名叫做五十嵐庄吉，罪狀是偷竊。

從那一天起，我都會去接受痔瘡治療。儘管監獄是一個遠離俗世的悲慘世界，唯有醫務室仍然保留俗世的氣息。

醫務長說：

「有點痛，忍耐一下哦。」

原來如此，手術真的很痛，我不斷落下蠶豆大小的淚水。

即使回到單人牢房，還是痛到無法起身。我心想，我會不會就這樣再也站不起來了呢？那時，我又想起藏在掃把裡的鑷。我早晚都會把鑷拿出來，放在我的患部上。日復一日。

醫務長得意洋洋地說：

「怎麼樣？是不是很快就好了呢？」

「是啊。」

我表示感謝之意，心裡卻在竊笑。這並不是因為醫務長的技術精湛，而是我的鑷療法。……就這樣，痔瘡不久就治好了。

後來，就是持續不斷的單調日子。

剛開始，我覺得再也沒有跟刑務所一樣和平、輕鬆的住處了，心裡還十分開心。不過，我很快就對這凡事都極為單調的監獄生活失去耐心。

我們並不是完全沒事做、成天玩耍。我們這群人每天都在黏紙氣球。寬廣的水泥地房間裡，鋪著薄地板，我們就在房間的角落進行氣球作業，分成四組，幾乎每天都在黏氣球。這是監獄裡最華美的手工。紅、藍、黃，還有紫色、桃粉色、水藍色與綠色，色彩鮮豔的彩色蠟紙散處一地。看起來宛如坐在陽春四月時分的花壇當中。在對面角落串麻繩的囚犯，總是不停地瞄著我們紙氣球的作業場，貪求這令人愉悅的興奮感。

製作氣球時，首先要配合色彩豔麗的整張蠟紙大小，剪成長長的花瓣狀，再把它們疊起來。接下來再剪出一個小圓餅乾狀的圓形，疊起來。這就是要貼在氣球的吹嘴，還有反方向屁股處等兩處的襯底紙。吹氣的地方挖一個小洞，這就是氣球的材料，不過我們要先把它們準備齊全。

紙氣球的作業，第一步是組合那個像花瓣的材料。舉例來說，紅色跟黃色這兩色，可以組合出兩色交錯的氣球，所以要準備兩種花瓣。接下來再一張一張地稍微錯開來排好，塗上漿糊。這是一組的工作。

接著換下一組，要趁漿糊未乾時，交錯黏上不同色的花瓣。如此一來，就能完成一個沒有支架的燈籠狀物體。這是另一組的工作，由四、五個人負責。

然後要拿已經乾透的來對折，折起來正好像一個小碗。這也是一組的工作。

接下來是我跟五十嵐庄吉負責的作業，在我們兩個人之前，擺著一個像足球狀、有腳架的塑型器。五十嵐會先取來對折的紙氣球，快速地套在足球上。接下來，我拿著塗了漿糊的小圓紙，將圓形的色紙緊緊地黏在氣球的肛門處。然後，五十嵐會在下一秒立刻將紙氣球移走，迅速翻回小碗的狀態，再次放在足球上，這次輪到另一頭的氣球肛門露出來，我又會把小圓紙緊緊黏在小洞的地方。於是紙氣球的作業就結束了。

接下來，五十嵐會把完成的紙氣球，用疊碗的方式，不斷往上堆疊。有時候檢查員會過來查看，把氣球山搬到另一頭。

我跟五十嵐總是呼吸一致。

「來……」貼。

「好……」貼。

我們宛如打鼓一般，黏貼紙氣球的肛門。不過，這樣的工作，努力做了一個月，還是會覺得厭煩。

然而，時間的流逝總是特別快，不久，我終於在監獄迎接第五個新年。等到二月，我又可以成為俗世的人了。後來也沒有人懷疑鏰的事，在我單人牢房的掃把之中，度過了五年的歲月。我逐漸燃起嶄新的希望之光，燒得愈來愈亮。夜裡，我將與鉛筆芯差不多的鏰，放在掌心把玩，心裡描繪著掛紅燈籠的小巷風景。

剩下三週就要出獄的一月二十五日，我的單人牢房，竟然來了兩名不速之客。

「喂，一九九四號，你醒了嗎？」

兩名訪客跟在獄卒身後走進來。我直覺應該是來保釋我出獄的使者。

（咦？）我暗自驚訝。兩名訪客的其中一人，是我曾經見過的醫務長。另一名，則是膚色黝黑、身材高大，看似運動員的男子。
「就是這個男人哦。他剛進來的時候，痔瘡非常嚴重呢，不過，採用我的例行治療法之後，竟然很快就痊癒了。」
「是、是。」
「請您跟他聊聊吧。等一下也看一下這位男性的患部吧。」
「不了，倒是不用看。不過我想跟他談談。」
「請您隨意……」
那位素未謀面的紳士，針對我的痔瘡提出許多問題。我也盡己所能努力地回答。不過，唯獨那家醫院的事，我絕口不提。
紳士也沒問什麼重大的問題，便與醫務長一同離開了。
後來，我感到非常失望，一屁股坐在蓋著馬桶蓋充當椅子的馬桶上。
（好奇怪啊。）
乍看之下，紳士只提了一些看似醫生的問題，不過我覺得他似乎少了一點醫生的氣質。心裡有鬼的我，突然靈機一動。

（會是偵探嗎……）

這股不安瞬間讓我的心頭一凜。

（這可不成啊。）

我立刻開始思考該怎麼處理鐳。再這樣下去，我覺得鐳放在我的人肉口袋裡再拿出來，顯然是一件危險的事。在我出獄之前，剛才那兩個人一定會檢查我的人肉口袋。屆時一定是大好時機。……我必須緊急思考，要把鐳藏在其他地方才行。

「喂，丸田。」

五十嵐在作業場出聲叫我。

「昨晚來了個了不起的客人呢。」

「嗯。」

「你認識那個年輕人嗎？」

「你是說比較高的男人吧？……我不認識。」

「不認識？哈哈哈。你真的很蠢耶。那位是帆村偵探哦。」

「偵探？我果然沒猜錯。」

「他為什麼會來找你？你知道嗎？」

「嗯。……不知道。」

「少、少騙人了。我會幫你啦。你幹的那些事，有沒有還沒被警察發現的？」

「哪有，沒有別的事了！」

這是我第一次拒絕這位獨一無二的好友的好意。就算是五年交情的好朋友，還是不能向他坦誠這件事。

後來，我們不發一語地工作。對我們來說，這是相當罕見的情況。從事這份工作時，就算我們的話不多，平常也會稍微罵對方幾句，或是發出吆喝聲。

因為沉默的關係，總算讓我想到一個好主意。就是如何安全地將鐳帶出監獄的招術。我認為這個念頭應該不會出差錯，可以順利進行。

當天，用畢午餐後，囚犯們紛紛回到各自的牢房，得到短暫的休息。不久，隨著鐘聲響起，大家又陸續排好隊伍，進入作業場。這時，我將鐳直接拿出來。放在柿色制服腰際的衣褶裡。

進入作業場之後，我們接獲共同準備的命令。因為我是組長，所以剛開始進行作業時，我負責顧全場，可以到處走動。

「喂，我看一下材料。」

我對瘦骨如柴的青年說：

「哦，已經做這麼多啦。」

我拆開那束紙氣球的花瓣，把它翻來覆去，

「喂，少了一片哦。」

「咦？」

「沒關係，沒關係。」

說著，我走到堆著做壞的花瓣的角落，從裡面撿起一片柿色的花瓣。

「把它放進去吧。」

「那片不行啦。」

柿色的**花瓣**其實是被打掉的瑕疵品。那張本來是黃色的蠟紙，卻不小心又印了一次粉紅色。印了兩次顏色，乍看之下還以為是柿色的色紙。即使顏色不一樣，反正都是小孩的玩具，其實沒什麼關係，不過，柿色與囚犯的制服撞色了，所以我們囚犯特別討厭這個顏色，把它挑出來，獄卒對這件事也是睜一隻眼閉一隻眼。

「什麼嘛，只有這一片。用這片好了，剩下的丟掉，你馬上把這堆紙屑清掉。」

說著，我將柿色的花瓣加進那束之中。多了一片花辦，對其他作業並不會造成大大的影響。

完成之後，我回到自己的作業區。五十嵐若無其事地在那裡等待。

作業開始了。

我伸長了脖子，一直期待黏著柿色花瓣的紙氣球，來到我的面前。

（啊，來了）

柿色的紙氣球終於來到我們面前。五十嵐粗手粗腳把將它對折，套在球體上。

「嘿。」貼。

我把屁股襯紙貼在圓形的氣球上。這是千載難逢的機會……倒也沒這麼困難，我迅速地將那片光裸的鐳貼在沾了漿糊的地方，接著把它朝下，輕巧地黏在柿色的紙氣球上，也就是說。那片跟折斷的鉛筆芯差不多大小的鐳，已經被我巧妙地黏在紙氣球的花瓣與屁股襯紙之間了。

「再來。……」貼。

五十嵐維持同樣的步調，將黏了鐳的紙氣球翻過來。我瞄了他的臉看一眼，他散漫地張著嘴，好像快睡著了似地半睜著眼。他似乎完全沒發現我的大計畫。我放下心上的大石頭，繼續輕巧地貼上圓形色紙。五十嵐完全沒把那顆柿色的紙氣球放在眼裡，輕輕伸長了手，將它疊在方才完成的紙氣球堆上。這時，我們叫來的檢查人員正好來了，把堆積如山的紙氣球搬到另一頭。我心想「成功了」，內心雀躍不已，也呼地嘆了一口氣。

後來的事情，倒也不值得一提。我比原訂早了兩星期離開監獄。離開的時候，我果然在那名帆村偵探的見證之下，讓人仔細地檢查過我的人肉口袋，不過他們只有大失所望。等我出獄之後，獄卒們一定會吵吵鬧鬧地檢查我的囚犯服跟單人牢房，光想到這件事，我就忍不住大笑。

外界的風吹起來真是舒服。一陣清風吹來，讓我高高立起外套的衣領。

「啊，好冷哦。」

感受寒冷的風，竟是此等幸福之事。我緊緊握著這五年勞動所得的信封袋，感到稀奇地四處張望。

這時來了一輛一元計程車[3]。我叫住車子，請他開往淺草方向。搭乘一元計程車，也是入獄前的事了。我將手探進懷裡，從信封袋裡直接取出五十錢銅板。

「先生，您要到淺草哪裡呢？」

「啊、淺草的……，到淺草橋附近就行了。」

「淺草橋的話，剛才已經過了哦。」

「沒關係，這附近都可以。我要下車。」

我一腳踩在潔淨的馬路上，下了車。不過，那是一條莫名讓我想起監獄作業場的水泥路。我覺得有點不吉利。

後來，我快步地走著。

我的目的地是七軒町的玩具批發店——丸福商店。我往東找了一陣子，又往西找了一陣子，走了許多冤枉路，最後終於找到那家店。店面琳瑯滿目地掛著風箏跟毽子、賽璐珞的喇叭、玩具短劍，或是用紙糊成的頭盔，還有

---

**譯註3**　大正末年到昭和初年間，只要支付一元即可載送客人前往東京市內的計程車。

各式各樣五花八門的品項，從天花板垂吊下來，好不熱鬧。……我毫不客氣地，一屁股坐在店面。

顧店的孩童問我：

「歡迎光臨。請問您要找什麼？」

「哦，我想找紙氣球，不過我有一些條件，請拿給我，讓我自己找。」

「好的。……您要的紙氣球，在這個地方……」

孩童伸手指著。什麼啊，就在我坐的膝前，堆著像小山一樣高的、令人懷念的紙氣球。

（哦哦……）

我的心撲通撲通地跳著。我用雙手捧起氣球，油生一股想要將它們壓扁的衝動。不過，我曾經度過的牢獄生活，讓我感到惴惴不安。

「我看看……」

我硬是讓自己冷靜下來，由上到下檢查氣球山。

（柿色氣球在哪裡？）

沒有、沒有。找不到就是找不到……。我待過的監獄的紙氣球，應該全都被這家丸福商店買走了。那是監獄公開招標的結果，今年的紙氣球仍然由丸福得標。所以柿色的紙氣球，只會送到這家店，不會送到其他地方。難道已經賣掉了嗎？

「……只有這些氣球嗎？」

「現在只有這些了……」

「哦。有沒有收在其他地方呢？」

「沒有。」

孩童說了讓人悲傷的話。

我非常沮喪，失去了起身的力氣。這時，屋裡傳來一個像是老闆的聲音。

「吉松。剛才不是才從那邊送來嗎？請客人看看。」

「啊，對哦。……請您稍等。今天還有進貨。」

「今天進的貨嗎？哦，這樣啊。」

我的臉形開心到跟麥芽糖一樣垮了下來，而且我根本無力控制。孩童劈里啪啦地撕開包裝紙。

「您看看這些如何……」

「哦哦……。」

我一眼就看到疊在裡面的柿色紙氣球。

「這就是我要找的。我要買這顆。」

我扔出十元紙鈔，買下大量氣球。在孩童包裝的時候，我有如熱鍋上的螞蟻，只怕半路殺出程咬金。不過，我多慮了。

我提著裝了氣球的包裹，走出店面。不過，走出店門口，還走不到五、六間[4]，我就嚇了一跳。一名我認識的男子，正朝我走過來。我想他一定是帆村偵探。

（怎麼辦……）我立刻下定決心，幸好帆村偵探走路的時候，只顧著看並排的玩具批發店的招牌。我迅速躲進電線桿的陰影處，總算躲過這個傻偵探了。

我立刻招來一元計程車，前往兩國方向。在國技館前下車，轉進小巷子，那裡有一家叫做幸樂館的一元旅館[5]。我推開旅館大門。

走上三樓，我差點忍不住想把服務生從房裡趕出去。等到像胖麻雀般的服務生收下住宿費跟小費離開房間後，我脫去外套、脫掉上衣。接下來，我劈里啪啦地撕開包裝紙。我根本沒有閒工夫去找小刀來拆，我用上所有的指甲來撕開包裹。

出來了、出來了。

「是柿色的紙氣球！」

其他的紙氣球，則像嘉年華飛散的花瓣，灑滿整個房間。

---

**譯註4** 一間約為一．八公尺。

**譯註5** 住宿費只要一元的便宜旅社。

「就是它！就是它！」

我終於找到柿色的紙氣球了。由於喜極而泣之故，我覺得我的雙眼瞬間一片模糊。我胡亂地以襯衫袖口抹去淚水，同時以指尖探尋紙氣球的圓形屁股襯紙處。

「咦？」

怎麼回事？屁股**襯紙**的地方，確實有一個用手才摸得出來的硬物才對，現在卻怎麼也摸不到了。跟溜冰場一樣平坦。

「怎麼會這樣！」

我無法按捺情緒，用指尖對準屁股襯紙，劈里啪啦地把它撕下來，把它整個翻過來查看。不過，我依然什麼都找不到。這是屁股襯紙，我是不是記錯了，記成用來吹氣的對嘴襯紙了呢？於是我又把它撕了下來。啊，結果還是沒有。怎麼可能會這樣。不可能會這樣。不過，我怎麼也找不著。

「啊啊！」

我雙腿無力，攤倒在地板上。如果這是一場夢，真希望我立刻醒來。我還大叫：「神啊，別跟我開玩笑吧。」我呼喊：「時間啊，請倒退回我撕破紙氣球之前吧。」然而，一切於事無濟。我絕望、絕望、無比絕望。身體之中的能量，猶如水蒸氣一般，從我幾萬個毛細孔中散出來。我像是一件被人脫掉的外衣，一直躺在地板上。

後來，不知道過了多久的時間。我終於清醒過來，在地板上坐起來。

仔細想一想，這件事真的很蠢。明明已經將三萬五千元的鐳藏得那麼好，最後卻下落不明了。然而，鐳直到那天都還在我的手裡。我想它現在應該還存在於地球上的某一處。

想到這裡，我那不甘心的淚水又汩汩而下。我竟然這麼輕易地失去了我賭上人生信譽得到的鐳，讓我咬牙切齒。

「到底掉在哪裡呢？」

我開始回想從那一天起的各種大小事。雖然我想了各種可能性，最後仍然找不到答案。不過，用漿糊黏在紙與紙之間的鐳，應該不會在這麼短的期間內脫落，這太奇怪了。話說回來，我也不可能搞錯氣球。應該沒有其他的氣球，像這顆柿色氣球一樣，是用顏色不一的花瓣接合而成的。

我一而再再而三地反覆思考同樣的事情。重新思考的過程中，我突然發現一件事！

「哦哦，說不定是那個！」

我緩慢地起身。

「不對，肯定是那個。對，沒錯。」

我渾身的血液流動似乎加快了速度。只覺得手腳輕微地顫抖。

「好啊，你這畜牲……」

我衝進戶外的黑暗之中。

我不知道該如何向各位說明後來發生的事。因為我已經說得有點累了，就簡單地敘述一下結局吧。我想結局恐怕已經清楚地映在各位的眼簾之中了。如果還不明白的話，讓我說得更清楚一點吧。

我想大家都看過二月二十日的早報吧。在社會版當中，是不是有一條駭人聽聞的報導呢？

不用我再多說了吧。

標題是「山麓的廢棄小屋發現詭異屍體」，內容則是「昨日（十九日）上午八點，X大學生XX正打算在XX山麓的廢棄小屋中休息，竟然發現屋裡有一具年約四十二、三歲的全裸男性詭異屍體。接獲通報後，警視廳的大江山搜查課長一行人，隨同鑑識課員緊急前往現場。現場扔著疑似該名死者的和服及外套，除此之外，還尋獲一條用途不明的長麻繩。並未找到其他物品。屍體當天就進行解剖，得知該名男子的主要死因為飢餓。此外，屍體的特徵為左肋骨下方有明顯的潰瘍。然而，目前尚未釐清其成因與其他部分，總之已經引起承辦人員的關注，視為與凶行有關的重大謎團。

後續報導。……目前已查明被害人的身分。被害人為五十嵐庄吉（三十九歲）。十天前甫自ＸＸ監獄出獄，是犯下十二次竊盜罪的惡徒。他離開監獄之後，搭乘在正門等候的車子，隨後便下落不明，當事人的家屬曾向ＸＸ署請求協尋。犯人至今不明朗，可能是挾怨報復。警視廳目前正密切搜尋帶當事人離開的車輛及司機。」

五十嵐庄吉慘遭殺害，而且左肋骨下方留下難以理解的潰瘍，針對這個部分，大家應該心裡有數吧？

那傢伙可是竊盜高手。我不小心忘了這件事。不對，我忘了更多事。我誤以為監獄跟學校一樣，都是一些了不起的人物，充滿偉大的友情。

當我將鐳放進氣球裡的時候，五十嵐那傢伙把它翻過來，說時遲那時快，他肯定已經利用靈巧的指尖，把鐳偷走了。

我後知後覺地察覺這件事，於是化身為監獄門口的司機，順利地在監獄門口，騙到剛出獄的他。接下來，我將他帶到那些廢棄的小屋，限制他的行動，用盡方式折磨他，不過他十分逞強，怎麼也不肯承認。一怒之下，我終於採取最後的手段。用麻繩綑綁他的身體，直接把他扔在地上打滾。就這樣，我扔下他不管，過了好幾天。我當然連一滴水也沒給他。所以，他終於死於飢餓與寒冷。

等到他的身體變冷了，我解開繩索。接著將他扒光，檢查他全身上下。這時，我發現他左肋骨下方的潰瘍。

「看吧。即使你不說出鐳藏在哪裡，你的身體也會一五一十地招供啊。活該死好。」

我立刻探向他的左邊口袋底部，總算拖出我的目標——鐳。我一開始就計畫好了，即使他不肯承認，靠著鐳的力量，他的身體不久就會出現潰瘍。

可是，我竟然為了一點無聊的小事殺人了。我現在很後悔。如今我還帶著鐳。為了把鐳賣掉換錢，為了追求我的新世界，今晚，我打算離開日本。我想我大概永遠不會回到日本了吧。我打算把它賣掉，在赤紅的太陽之下，栽種花田之類的，悠閒地度過我的下半輩子。

# 振動魔

他鼓舞自己，想要發出聲音，胸口卻像是被人揪住一般，無法自由呼吸。他仔細觀察，發現喉嚨下方一帶，好像被類似南瓜的物體哽住了，感覺很不舒服。

# 1

首先，我要先敘述朋友柿丘秋郎企圖進行的，世界上最奇妙的實驗。

說到柿丘秋郎這個名字，我想讀者應該沒什麼印象吧，這當然是我隨便取的假名字，如果在這裡乖乖寫出他的真名，由於他是一個名氣非常響亮的人物，讀者應該會大吃一驚才對。儘管如此，我仍然違背了報導的精神，沒讓他的本名曝光（寫到這裡，我必須坦白說，要不要提到他的名字，讓我感到萬分猶豫），之所以不曝光他的本名，原因也在於我希望他的妻子——柿丘吳子——往後盡可能不要受苦。在當今這個有如野獸的世上，吳子女士是一名難得一見的纖細柔弱女子。如果要打個比方，就像是我們將才剛長出柔嫩黃色羽毛的金絲雀雛鳥，握在手心裡的感覺，這麼說也許可以表現吳子女士給人的感受吧。每當秋風窸窸窣窣地捲起院子裡的毛泡桐落葉，同時吹倒她後頸新生的纖細毛髮，又或是秋天傍晚那宛如成熟柿子般的鮮紅夕陽，射進她那長著長睫毛的圓潤雙眼中，吳子女士似乎就要化為一抹水蒸氣，消失在半空中了。啊，我似乎太沉迷了，說了不少多餘的話。

能夠稱呼如此楚楚可憐的美人為妻子，得以日日夜夜在閨房擁著她，我必須說，我的朋友柿丘秋郎，正是世上最無所匱乏的、萬中選一的幸運兒。如果我也能擁有柿丘秋郎的地位（哦哦，只不過是妄想，都會受到甜美刺激的誘惑啊），我將會為吳子女士打造一座埃及風的宮殿，請來一座鑲著珠寶的翡翠色寶座，倘若有年輕男性用的貞操帶，我將會親自穿上，並且將那把鑰鎖掛在吳子女士的胸前，永遠隔著淺紅色的垂幕，在遙遠的地方對她行三跪九拜之禮，即使要我像個奴隸，我也甘之如飴。然而，我的朋友柿丘秋郎竟是一個身在福中不知福且貪得無厭之人。他竟然與另一位可恨的母豬夫人，發生了剪不斷理還亂的醜陋關係。

那位母豬夫人，叫做白石雪子，比柿丘長兩歲，今年三十七歲了。儘管從她的外貌可以看出她的年紀，不過，從她的肉體卻看不到符合此高齡的痕跡。尤其是從頸項到胸部的曲線，完全是絕世少見的豔麗弧線，不管是手臂還是雙腿，都像是含有大量牛奶一般，雪白肥嫩，如果用一根手指在附近輕壓，剛開始會像戳著柔軟麻糬一般凹陷，隨後，指尖下方便傳來好像鬆開肌肉一般，難以形容的怪異彈力。不曾生過孩子的母豬夫人，這幾年來由於生理結構的關係，在纖細滑嫩的肌膚下方，似乎又多了幾公分的蒼白脂肪層。夫人突然將臉湊近的時候，從她那豐腴乳房與鮮紅襦袢的狹窄間隙之間，便會立刻昇起一股幾乎教人窒息的官能香氣。

柿丘秋郎與這樣的妖花扯上關係，應該是他的不幸吧。即便不是柿丘，換成其他的男性，遇上雪子夫人這樣的女子，也會像嚇到無法動彈一般，無法逃離她。不過，柿丘秋郎之所以能免於雪子夫人肉體的誘惑，乃是因為對柿丘秋郎來說，她是恩人的妻子。

我說過要敘述柿丘秋郎的奇怪實驗，但我實在是講了太多的前言，也許各位讀者都等得不耐煩了吧。老實說，我接下來要敘述的事情，乍看之下是平凡無奇的事實，不過後來似乎成為我這篇手記中最重要的部分，請各位抱著這樣的心境閱讀吧。

說到柿丘秋郎崇拜的恩人，也就是母豬夫人的夫君，是醫學博士白石右策。白石博士在湘南開了一所大型的肺結核療養院，是有名的呼吸疾病權威。一般的肺結核療養院，都只接受極度輕症的肺病患者入院，對於第二期或第三期等比較嚴重的患者，都會以療法不適合的巧妙藉口來逃避醫生的責任。不過，我們的白石博士卻不是如此，不管患者病得多嚴重，他都會欣然同意他們入院，而且利用博士獨自研發的病灶硬化法，取得了相當高比例的病癒成績。他的方法有點類似眾人熟悉的，讓病患用鼻孔吸入鈣粉，在病灶形成石灰壁的方法，不過白石博士的硬化法，則是以某種有機物質製成全新發明的材料，在病灶先打造第一層堅韌、有伸縮性的密著壁膜，接下來覆以黃金粉末鍍金的第二層，封鎖病菌的活性。

前面提到柿丘秋郎奉白石博士為恩人，因為柿丘也是由於博士的新療法而掌握重生幸福的其中一人。要是柿丘晚一個月才踏進博士的醫院，甚至是早一個月聽到博士的診斷，也許他都會永遠喪失重生的機會。這是因為柿丘確信博士的新療法，才飛奔去找他，也就是博士正式的第一位手術患者，此外，柿丘的病情已經接近第三期，右肺的上葉已經完全遭到侵蝕，下方的中葉也有一半遭到結核菌的啃蝕，要是他晚一個月才來找博士，就算是博士也無力回天。

到了這個部分，我似乎必須向各位讀者描述柿丘秋郎的輪廓，柿丘秋郎在他的故鄉岡山，得到父親給予的龐大資產，而他在社會上的名聲，則是以社會教育家之名、有時以宗教家之姿，年紀輕輕便出類拔萃，尤其在年輕男女之間，更是人氣爆發的人物。在他病倒之前，正逢宗教團體的選舉，當時他積極從事宗教運動的結果，便是以年少之姿贏得非常重要的地位。再也沒有比宗教家及社會教育家更奇怪的存在了，在這些人當中，願意侍奉真神，拯救世上的罪人，甚至欣喜地獻上自己的性命，這樣的人物極為罕見。他們大多只是正好找到這樣的職業，後來本著職業意識進行說教，抱著燃燒的野心，對上位者的地位虎視眈眈，聽取妙齡女子的懺悔，趁著探病試著給予撫慰，內心卻喜孜孜地沉醉於不當的情念之中。柿丘秋郎的真面目，就是這種人物，只是他特別膽小，才能幸運地直到今日都沒露出破綻。會說這種話，絕不是出於我的嫉妒之心。

如果柿丘染上那種疾病，就此魂歸西天，他的競爭者肯定會立刻化為飢渴的豺狼虎豹，將柿丘的地位、財產全都瓜分得一乾二淨，同時還把大量不為人知的背信之事，全都堆到他的屍骸之上。柿丘秋郎也非常了解這股氣氛。

他下定決心（這下不行了，我該做好最後的覺悟了）。白石右策博士卻精彩地化解了他的危機，對柿丘來說，博士拯救的不只是他的疾病，他的社會地位、他的家庭、他的財產，全都是博士救回來的。從博士的肺結核療養院出院的那一天，柿丘拜倒在博士腳邊，潸然落淚，有好一會兒根本無法抬頭。

柿丘秋郎與白石博士兩家人展開非常親密的往來，其實是始於這件事。

# 2

這兩對夫妻經常聚在一起喝下午茶，或是四個人一起打當時剛開始流行的麻將，星期天下午會開車到三浦、三崎一帶兜風，打打高爾夫球，在旁人眼裡，他們是感情非常好的四人組。然而，博士與雪子夫人，以及柿丘及吳子女士之間的關係，卻非永遠都那麼單純。

我發現這件事的時候，是在夏季將近尾聲的某一天。雪子夫人與博士一直沒能產下孩子。因此夫人似乎有許多的閒暇時間，當時迅速恢復健康、挾重生之姿英勇回歸社會第一線的柿丘秋郎正投入各種相關社會事業，夫人主動參與並協助他的工作。那年夏天，於相模灣的某個海濱開設了海岸林間學校，柿丘夫妻暫時停留在當地照看孩子們。另一方面，雪子夫人則擔任在東京郊外巡迴的夏季研習營幹事，每天一大早，便前往雖然在郊外卻一點也不涼爽的會場，處理各項事務。

到了這個節骨眼，我必須介紹一下我自己的角色，我以前在鄉下跟柿丘上同一所國中，也就是所謂的兒時玩伴，但我只是一個既沒有錢也沒有地位的私立國中物理老師，所謂的兒時玩伴真是十分奇妙，事到如今，我們的身分、地位相差懸殊，我們卻能像是親兄弟一般叫著彼此的名字，也能說一些真心話。拜這位有名的富裕朋友之賜，每回出入他的宅邸時，總能受到無論何時我都吃不起的美食款待，偶爾為了揮去單身的憂鬱，也能從他那裡討到一點零用錢，好讓我去城市邊陲的便宜私娼寮走一遭。自從他娶了吳子女士之後，我就沒辦法光明正大地向他索討零用錢了，不過我卻能幫他捉刀寫一些出版品，或是撰寫演講的大綱，每一回都能拿到足以與學校薪水匹敵的金額。對於這些事，吳子女士應該隱約知情吧，由於她善良的天性，仍然盛情款待我。

每回我進入柿丘家大門的時候，都不需要請人通報，默默走進他家已經成了我的慣例。自從柿丘迎娶吳子女士之後，我原本也想認真地改掉這個失禮至極的造訪模式，不過習慣這種東西很可怕，只要把手搭在格子拉門上，我已經在不知不覺中把門喀啦喀啦地拉開，等我回過神之時，已經盤腿坐在柿丘家餐廳的坐墊上了。不過，除了柿丘家的玄關、餐廳、廚房、書房，還有我過夜時總是為我鋪好棉被的偏房，除了這些地方，我絕對不會進入其他地方。然而，只有一回，因為是正午時間，我想在夫妻寢室那鮮紅醒目的蓬軟棉被裡，應該沒有人吧，我打算偷偷地去看一眼，結果沒看成，不過這種事還是別提好了。

好了，那是夏季的某一天。

我在研習營上著無聊的課程（我想不用我再多說了，那位母豬夫人也有參加那場研習營），當天夜裡，我正好想讀一本書，依稀記得我曾經在柿丘的書架上看過那本書，於是我打算去借來看，便去了一趟位於麻布本村町的柿丘家。

喀啦喀啦地拉開玄關，我習慣先看鞋子。從並排的鞋子種類，可以推測誰在家裡，還能判斷鞋子主人的心情好還是不好。那一天，玄關連一雙鞋子都沒擺。表示連一家之主的夫人，都還沒從海邊回來。

於是我心想，我乾脆放輕腳步，嚇嚇可能在餐廳睡午覺的看家幫傭阿芳好了，我躡手躡腳地走進屋子裡。不過，我在餐廳不僅沒見到阿芳的身影，就連後門都關得緊緊地，坐墊也擺得很整齊，如果是夏洛克·福爾摩斯，應該會猜出阿芳外出了，預計過一段時間才會回來。不過，再怎麼說，這都太不小心了。現在可不就有我這個小偷潛進來了嗎？

就在這個時候。我隱約聽到有人竊竊私語的交談聲。我懷疑該不會是我聽錯了吧，一邊豎起耳朵，不對，那不是我的錯覺。確實有人在說話。而且那是從這個家裡傳出來的說話聲。

柿丘夫婦已經回來了嗎？我站起來，往聲音的方向走了兩、三步，要是一般人碰上這種機會，十個人裡面會有十個（明知道不應該）給自己找藉口，測試自己的心，悄悄竊取別人的祕密。對我來說，我全身立刻被好奇心占據，採取第一行動——一段小冒險。唉，不過我碰上的竟是這無比巨大的衝擊。說話的其中一人，肯定是柿丘秋郎，不過另一個說話的人卻不是吳子女士，竟然是白石博士的夫人雪子女士。

得知內情的我，迅速轉身，成功躲進書房的窗簾後方。站在這個位置，我可以一清二楚地聽見隔壁臥室傳來的對話。

後來，我聽見的內容，對於完全不知道兩人關係的我來說，完全足以把我推向驚嚇的深淵。請讀者閱讀下一段，想像我嚇傻的表情吧。

「無論如何，妳都不肯答應我的請求嗎？」

「我才不要，你好過分。」

「我都已經低聲下氣地求妳了，為什麼妳就是不肯答應呢？」

「不管怎麼樣，我都不願意。」

「只要一下下就好了，請妳躺在這上面。」

「再怎麼說，我都不願意在你面前露出那副德行。」

「妳就當成看醫生，忍耐一下嘛。」

「醫生跟你差很多耶。」

「妳怎麼說這麼丟人的話，我可是……」

他們好像在爭執著什麼。

「所以你要用暴力逼我就範嗎？（雪子夫人原本正氣凜然的聲音，說到後來語氣卻是愈來愈溫柔）像不像個男子漢啊？」

「不過，要是錯過這次，下次不知道何時才有機會。」

「我這一輩子都不打算聽從你的請求。你也算是個神職人員，就算還沒生下來，竟然能親手將一條不見天日的性命，葬送於黑暗之中，你真是個殘忍的人！啊，殺人兇手……」

「小聲一點。我已經說得這麼清楚了，妳為什麼還不明白呢？我現在知道妳懷著我的孩子，我到底該怎麼辦呢？我的社會地位跟名聲，都會灰飛煙滅啊。這樣一來，我再也沒辦法像現在這樣，跟妳享受奢侈的偷情，不是嗎？要是我的病再次復發，博士也不會再救我了。要是妳真的愛我，請妳顧慮這一點，乖乖聽我的，接受這個簡單的墮胎手術吧。」

「不管你說幾次都是沒用的，我的心意已決。我會生下這個可愛的孩子，好好把他養大。」

「唉，所以妳打算瞞著博士，把他扶養長大嗎？」

「欸，你為什麼要說這種話……。右策跟我之所以沒生下孩子，都是因為右策本身沒有生育能力。身為一個學者，右策很清楚這件事。因此，要是我現在懷孕了，他一定會察覺我做了什麼事。」

「不過，我又不知道是不是我的孩子……」

「你說什麼傻話呢？只要檢查新生兒的血型，就能輕鬆得知這是誰的孩子了吧？再說，你跟右策的關係，可是怎麼也斬不斷的病患跟主治醫生啊。他早就從你咳出來的痰，知道你的血型了。」

「所以妳接下來打算怎麼做呢？妳想讓我墮落到什麼樣的地獄呢？」

「我會好好疼愛我與你之間的孩子。我已經下定決心了。若是右策發現這件事，要把我趕出去的話，我就會離開，如果他要把我抓去關，我就會乖乖去坐牢。不過，總有一天，我會恢復自由之身，跟我的孩子一起等你回到我身邊。」

「嗯，我知道了。不久，生下來的孩子就會成為證據，讓我的財產一夕成空。要錢的話，我倒是可以給妳。不過，我有一個交換條件，請妳將那個胎兒XX。」

「呵呵，哪有那麼容易的事。想要錢的人是你吧。只要這孩子還活著，你就逃不出我的手掌心。我知道一個好方法，不會傷害你的地位。不過，無論如何，我都不會離開你的。你必須照我說的去做。要是你不聽話，我會讓你立刻失去地位與名聲。只要我有心的話，懂了嗎？在那之前，你可要好好活著哦。你的這條命，全都掌握在我手中，你到現在才發現這個事實，絕對不是偶然……」

「……」

「啊，你怎麼握著一把槍呢？你想殺了我嗎？我知道的。不過，你還真可憐呢。殺了我的話，不用到明天，你就會被關進監獄囉。你覺得我像是那麼傻的人，沒有防備你會殺我嗎？你不知道吧？當我死去的那一刻，我存放在某個地方的文件跟證據，就會曝光這一切了。」

「啊啊，我真是個大笨蛋。」

我不再理會哽咽的柿丘的聲音，以及開始用淫蕩話語安慰他的雪子夫人的豔語，我悄悄地逃離原地，光著腳衝進大馬路上。

## 3

後來，柿丘秋郎、白石博士夫人雪子，至少表面看來非常和平。當室內播起唱片，柿丘與雪子相擁跳舞時，紅著臉的博士也會拉柿丘夫人吳子女士一把，踩著靈巧的舞步。

當我們在不知不覺中，察覺秋天的聲音時，每個人的臉上，突然都掛上緊張的表情。柿丘秋郎似乎忘了他曾經因為雪子夫人的脅迫不停顫抖，依舊熱中於事業及演講。不過，每一回，雪子女士的身影總是陰魂不散，我反而覺得他很悲慘。

差不多在那場密會事件的三十多天後，柿丘秋郎在自宅的空地一角，蓋了一間簡陋的小屋。那間小屋的窗子非常少，而且形狀像是監獄，在上方約二公尺高的地方，弄了一個換氣系統。等到小屋大致成形了，他找來電燈公司的人，立起巨大的電線桿，拉來粗電線，裝上迫力十足的絕緣器，還安裝了漆黑的方型變壓器。完工之後，他又搬來厚重的不織布、石綿、軟木塞板等物品，在小屋內部的牆壁、天花板、地板、入口大門的六個平面，全都貼了三層。走進房裡，就宛如紡織工廠的倉庫，有股類似霉味的嗆鼻氣味。不過，倒是不會因此感到呼吸困難，也許是因為電力裝置的關係，讓室內的空氣與外部空氣進行恰到好處的換氣吧。三層牆壁完成後，他找人扛進好幾部機器，後來，又來了一臺卡車，載滿包裹厚實的機械工具。一名看似技師的年輕人指揮著工人，花了三天的時間將這些機械安裝妥當，這時剛好柿丘秋郎從演講的地方回來了，年輕人向他詳細說明後，打聲招呼便離開了。

在這間房間裡，到底會發生什麼事呢？

根據柿丘向吳子女士的說明，這次旅順大學的東京派駐研究班，獲得協會的獎助金，決定專攻音響學，因此必須建造一座實驗室，由於他們一直找不到適合的場地，於是柿丘出借自家的部分土地，做為社會貢獻的一環。由於柿丘本人對科學一直抱持很大的憧憬，所以他想趁這個機會，從國小的實驗開始學起。

對於柿丘的話，吳子女士完全沒有一絲疑慮。一天當中，老公絕大多數的時間都在外面，雖說是實驗室，至少能待在家裡的某個角落，她感到十分放心，想到用餐的時候，也能送上她用心親自烹調的飯菜，她也覺得十分喜悅。

不過，老實說，這只不過是柿丘秋郎基於怪異至極的陰謀開始進行的實驗罷了。至於到底是什麼實驗呢……

早先受到雪子夫人的威脅，柿丘秋郎的墮胎手術遭到嚴正拒絕，後來，他表面上似乎不再考慮這件事了，其實心裡卻是完全相反，當他知道夫人那深情與固執的計畫之時，更堅決認為不管需要多少犧牲，都必須墮胎才行。墮胎的方法既不能危及夫人的性命，同時還要是完全不會被夫人發現的方法。那會是相當困難的方法。我甚至擔心著，這世上有沒有那樣的方法呢？不過，柿丘對於自己的智慧非常有信心，我想他一定能找到兩全其美的好方法。

有時候，他會窩在圖書館裡涉獵各種書籍，有時候則會去參加一些醫學者的演講或座談會，來摸索方法。要讓夫人沉醉於美酒呢？還是讓她嚐嚐鴉片菸的滋味，好讓她陷入昏迷呢？亦或是趁著夫人還在性高潮後安穩的迷離之境，進行墮胎手術呢？雖然他想了各種主意，不過夫人是一位相當敏感的人，不會輕易陷入不醒人事的狀態，即使進行手術，也會因為手術的疼痛突然醒過來，這也是不難預測的事。若是讓夫人發現他企圖動手術，一切就會成為通往地獄的特快車了。他一定要想方設法，讓雪子夫人在不知不覺中，不會發現手術，也不會察覺他持有的毒藥，必須極為自然才行。對於無比聰慧的他來說，這也不是能輕易解決的謎團。

然而，幸運的他終於獲知一個非常高明的方法。

那是利用物體振動的方法。現在，請大家把鐵皮糖果空罐的蓋子拿掉，在底部開一個小洞，把線穿進洞裡，把罐子倒過來，再用鉛筆軸或類似的物品敲打。如此一來，會發出超乎預期的巨大聲響，鏘的聲音將會持續一段時間吧。用力敲打的話，則會發出更大的聲響。不過，音色都是相同的。這是因為這樣的盒子或壺狀物體是固定的尺寸，所以振動頻率只會有一種，同樣的振動頻率只會發出固定的音色，因此，敲打同樣的容器時，就算聲音的大小不同，音色總是一樣的。

如果再拿一個糖果空罐，跟前面一樣，用線串起來掛好，在它的上方，猛力敲打第一個罐子。這時應該會立刻發出巨響，發出聲音後，用手握住，阻止振動。這時，如果豎起耳朵聆聽，儘管方才敲打的罐子已經被手握住停止振動了，是不是還能聽見相同的音色，而且音量相當大聲呢？這個聲音是哪裡傳來的呢？

仔細找找，你會發現方才用線串掛著不曾敲打的糖果罐，自然地發出鏘的聲音，這就是共鳴現象，當兩個振動體擁有同樣的振動頻率時，只要敲打一方，振動就會經由空氣傳播，刺激另一個振動體。這個刺激本來是相同性質的刺激，跟用棒子敲打的效果相同，另一個振動體也會發出聲響。試想一下，我們會發現當一方響起時，另一方則像是自然呼應一般也開始發出聲響。如果另一個靜止不動的吊掛振動體，尺寸不一樣時，則不會產生效果。舉例來說，如果用大的空罐頭，也不會產生效果。也就是說，振動頻率不同時，這個方法沒有效果。

接下來，如果在吊掛的空罐上，稍微沾上飯粒或其他東西，再次敲打第一個罐子，發出鏘的聲音，於是吊掛的罐子將會立刻共鳴發出聲響，仔細一看，則會發現由於罐頭壁的強烈振動，使原本緊緊沾附在上面的飯粒剝落，輕易掉下來了。……利用這個方法讓夫人墮胎，就是柿丘秋郎的計畫。

子宮是茄子狀的中空容器，這代表子宮應該也有對應尺寸的振動頻率。懷孕兩個月、三個月、四個月的胎兒，就跟沾在糖果罐上的飯粒一樣，只用輕微的力量沾附在子宮壁上。使用針筒將剝離劑注入子宮裡，藥品將會腐蝕皮膚，造成胎兒附著在子宮壁部分的柔膚皮膜腐蝕、脫落，達到墮胎的目的。用機械來進行，就是柿丘秋郎想要採取的方法，從雪子夫人的體外發送強烈的特定振動音，子宮會立刻產生劇烈振動，最後讓他與夫人之間的胎兒輕而易舉地從子宮壁剝落，流出體外，達成完美的墮胎目的。

發現這個世上最奇特又殘忍至極的方法，柿丘秋郎開心地在室內跳個不停。他犧牲了近兩萬元的錢財，拿旅順大學的研究班當幌子，在他家的一角蓋了一間不會讓聲音洩出實驗室外的隔音室，在眾多儀器中，他混入一部事先購買的儀器，能從子宮尺寸確認振動頻率，並且發出合適聲響的機械。那部儀器也已經安裝完畢。為了方便他操作，儀器完全不需要各種複雜的構造，只要用力按下一個按鈕，就會發出那個可怕的振動。製作這部儀器的人，應該完全料想不到宛如惡魔般的他，竟會用在這樣的用途上。

接下來，只要找個藉口，將雪子夫人引進這間實驗室就行了。這件事一點也不麻煩。只要他對夫人說這句話就行了，「夫人，要讓旅順大學使用的實驗室已經落成了，今天傍晚以前，桌椅與儀器全都會安裝完畢了。」然後夫人就會心領神會，肯定會說：

「哦，這樣啊。那麼，我晚上會過去看一下哦。沒問題吧？親愛的。」

接下來的事實，就照著他的劇本安排，順利進行了。當時針指向七點，有人輕輕叩著實驗室大門。柿丘獨自一人在房裡等候，聽到這個聲音，他露出有點詭異的獰笑，冷靜地從椅子上緩緩站起來。

當柿丘從房裡開門，雪子夫人腳步踉蹌地撲進來。

「妳一個人嗎？」

柿丘問道，這是為了保險起見……

「嗯，我一個人哦。為什麼要這麼問？哦哦，你擔心尊夫人嗎？尊夫人現在才下班呢。」

雪子夫人嘮嘮叨叨地說了一陣子，便像個娼婦一般，送了一記淫蕩的秋波。

「夫人，您今晚怎麼了？您的臉色好像不太好呢。」

「真的嗎？我的臉色這麼差嗎？」

「您沒事吧？」

「話說起來，今天早上起床的時候，我的頭有點抽痛呢。一定是累壞了。」

「您一定要保重身子哦。今晚請您早點回家，好好休息吧。」

「好的，謝謝你，秋郎先生。」

說著，夫人輕輕把手放在額頭上。在柿丘的陰謀之下，夫人似乎已經順利聽從他的暗示了。

接著，柿丘帶著夫人在房裡繞一圈，向她介紹。最後，兩個人來到那具會發出奇怪振動的音響之前。柿丘胡亂地說明實驗的目的，便把右手放在按鈕前，左手則放在可以微調振動的把手上。這個舉動是為了以防萬一，當計算出現誤差時，只要轉動把手，就能改變振動頻，達成那個恐怖的目的。

「好了，我現在要發出聲音了哦。會是一個音調很奇怪的聲音，請豎起耳朵仔細聽哦，有點像是牧歌一般的樸實音色。」

柿丘秋郎感到一股甕中捉鱉的快感，接二連三地依序進行那奇怪的實驗。

「好啊，快讓我聽聽吧。」

雪子女士等不及實驗進行了，完全不知道恐怖的詛咒魔爪，即將降臨在自己身上。

「好，我要開始囉。您聽聽，就是這樣……」

柿丘抬起右手指尖，用力按下按鈕。下一秒，低沉、音域廣的嗚嗚聲便在室內響起，那是非常軟弱無力的聲音，因此，聽久了便覺得肚子裡好像多了一隻爬蟲類，牠蠢蠢欲動，以銳利的尖牙從體內啃噬著內臟，就連柿丘都感覺非常不舒服。不過，他想要是隨手把這聲音關上，恐怕無法達到墮胎的效果吧，便一忍再忍，怎麼也不肯把指尖從按鈕上移開。

「這聲音，聽起來很低調呢。」

「這宛如牧歌的音色，您覺得如何？」

「像牧歌嗎？我覺得更像鼴鼠在地底下蠢動的聲音吧？」

說著，夫人從實驗桌前方輕快地走向另一頭。柿丘鬆了一口氣，指尖離開按鈕。

夫人筆直走向角落，不久便走回柿丘身邊。

「喂，這房間有沒有廁所呢？」

夫人稍微皺著眉頭，彎著一隻手，用力按著下腹部。聽了這句話，柿丘只覺得一陣暈眩，不禁緊握住手邊實驗桌的一角。一時之間竟說不出話來，只好默默地指著另一頭的角落。那裡有一塊黑色的長方形木板，以白色亮光漆寫著「洗手間」。

雪子夫人像是被吸過去一般，往廁所門走去。

柿丘則像怪物一般，張大了嘴巴，將五根手指用力塞進牙齒之間，露出不知道是笑還是哭的複雜表情，站在原地，不停發抖。

隨著「啪嗒」地用力關上廁所門的聲響，雪子夫人搖搖晃晃地現身。她的臉色蒼白，雙唇發紫。仔細一看，夫人右手掛著某個物體。

「秋郎先生。」

夫人以虛弱的聲音叫喚著。

「……」

「看來您的願望成真了呢。也讓您見見吧，來，這是我們可愛的寶寶……」

「啪」柿丘的雙頰碰到一股溫熱的物品，掠過他的耳後，那好像是一個以手帕包覆的物體，飛快地滾落在地上。

「啊……」

發出這個聲音後，柿丘以手心擦拭臉頰，下意識地將附著了溫熱事物的手心，舉到自己面前。哇啊，是血、血、血，那是黏膩的鮮紅血塊。

柿丘當場雙膝跪地，倒在地上，就此失去意識。

不知道過了多久的時間。當他甦醒時，房裡已經不見白石夫人的身影了。

（總之，順利成功了。夫人應該料想不到，是音波振動讓她流產的吧。只要胎兒流掉了，我就平安無事了。喂，柿丘，你贏了哦。放聲開心大笑吧！）

他鼓舞自己，想要發出聲音，胸口卻像是被人揪住一般，無法自由呼吸。他仔細觀察，發現喉嚨下方一帶，好像被類似南瓜的物體哽住了，感覺很不舒服。他想把那東西吐出來，下巴用力往前伸展，這時，他突然覺得喉嚨深處很癢，便咳了一下，有股溫熱的物體跳出來，噴到他的膝蓋前方。

「啊，我失敗了！」

柿丘秋郎竟能清楚看見肉眼看不見的胸部深處。同時，他接二連三地劇烈咳嗽，咳出大量的鮮血。柿丘面前的血水，很快地擴展為二倍、三倍。同時，他感到一股難以形容的不舒服、虛脫乏力感。接著，他全身不停顫抖，就算他用力按住自己的手臂，仍然無法停止顫抖，最後，他終於產生錯覺，誤以為整間實驗室都在大地震，不停搖晃。他全身都處於一股燙人的高燒狀態。

「急性乾酪性肺結核！」

他倒在地板上，清楚地說出發生在自己身上的劇烈變化。

## 4

我們柿丘秋郎，竟是這麼不幸的男人！

好不容易才煞費苦心，成功完成母豬夫人的墮胎手術，當天夜裡，他卻突然嚴重咳血，高燒超過四十度以上，臥病在床。他的意識已經相當不清楚，卻仍然要求家人，要他們增加人工呼吸器的氧氣濃度，還有，不管發生什麼事，都不能通知他的主治醫師，也就是白石博士。為什麼謝絕名醫白石博士呢？就連到了生死關頭，都要拒絕他呢？

關於這一點，柿丘終究是沒能回答，兩天後便與世長辭了。這時也只能含淚看著此情此景了。不久之前才嫁進來的吳子女士，竟要以這樣的方式，成為身披黑衣的寡婦，葬送她二十歲的春天，日日夜夜，只有寂寞與長恨相伴，淌著止不住的淚水。

吳子女士的親戚不多，唯有我一個人，能夠為她盡心盡力。白石博士與雪子夫人突然變得十分生疏，鮮少來拜訪吳子女士。我則代替逝去的好友柿丘，不對，我抱著比柿丘多了好幾倍的忠誠，撫慰著吳子女士。吳子女士也把我當成亡夫的兄弟一般，凡事都依賴我，就連遺產繼承之事，對我也毫無保留，放心與我討論。相信任何人看了我們的關係，都能認同吳子女士與我的心靈，已經在不知不覺中緊緊相依了。

柿丘死後兩個月，某個晚秋的早上，當天，我心想今天吳子女士一定會開口承諾那令人欣喜的誓約，於是將三件式的西裝拿到簷廊，真想快點套上這身衣服，等不及下午了，現在就想去吳子女士位於麻布的家拜訪。

我鬆開腰帶，將衣服往後一脫，全身只剩一條內褲，跳進和煦陽光照射的簷廊，以背部承接溫暖的太陽輻射能，深呼吸一口氣，閉上眼睛。

「町田狂太先生。」

我感到院子方向突然多了一個人。在眩目的陽光下，我睜開雙眼，一名三十歲出頭的青年紳士，正對著我微笑，並叫著我的名字。

我也隨著他微笑，開朗地說：

「我就是町田，請問您是？」

「有點事想請教您……。這是我的名片。」

說著，青年紳士遞出一張名片。我拿過來一看，上面印著，

「私家偵探　帆村莊六」

這種名片，還不如把你撕掉算了。不過，我不動聲色地說：

「請問您找我有什麼貴事呢？請坐，我先穿個衣服……」

說著，我正要衝進放衣服的房間，

青年冷靜地說：

「不行，您一動的話，我就會在您的肚子上開一槍哦。」

回頭一望，青年紳士的右手握著一把白朗寧手槍，泛著森冷的光芒。

於是我光裸著身體，退回剛訂製的西裝旁邊，在簷廊坐下來。

「相信您心裡有數吧，我來逮捕殺害柿丘秋郎的犯人。這是拘捕令。」

自稱帆村的私立偵探送上一張紙。

「你在開什麼玩笑啊？」

我說：

「柿丘是我的好朋友，我們的交情跟兄弟差不多。他身邊不是還有很多女人跟庸醫嗎？他們比較可疑吧？」

「你不需要說那麼多。如果你想知道原因，那就告訴你吧，我接受柿丘夫人的委託，這一個月已經徹底搜查過了。到了這個地步，如果你還要抵抗的話，只會汙辱你的虛名哦。乖乖就範吧。

你不僅利用音波振動讓婦女墮胎，更巧妙地利用音波振動破壞結核病患病灶所在的空洞，讓他的結核病再度發作，斷送他的性命，是打著恐怖主意的人。而且，你完全沒對柿丘提起這件事，而是讓他把注意力全都放在讓夫人墮胎的這件事上，完全沒發現自己的空洞受到激烈振動，破壞結締組織，進而斷送自己的一條命。這一切當然是你這個物理老師的邪惡知識。你很聰明地隱藏了這個事實。

你故意策動各種事實，把柿丘死亡的責任推到主治醫師白石博士身上，博士夫人則是由於感情關係，也有可能加害於他。

不過，對於我們這種靠這行吃飯的人來說，一切都像是小朋友在玩家家酒。而且，你犯了一個重大的失誤。儘管你再三地小心注意，不過你忘記處理掉柿丘的日記本了。也有可能是你讀過這本日記，看到柿丘在日記本上只稍微記錄了這件事，所以你覺得很放心吧。

不過，我可不會錯過那麼重要的一行字。柿丘在今年初秋，記錄了在日X人壽保險的醫院拍了兩張正面與側面的X光片。

通常X光片都是從正面跟背面攝影，絕對不可能從側面拍攝。所以我覺得十分可疑。因此我造訪日X人壽保險的醫院，努力找出蛛絲馬跡，最後得知你收買了保險公司的業務員與醫生，讓他拍下那張奇特的X光片，帶走照片，町田狂太先生，因為你想要從正面跟側面，精密地計算出柿丘右胸部大空洞的體積。結果真是諷刺，你發現柿丘的結核空洞，跟白石博士夫人的子宮大小，尺寸幾乎一樣。

於是你打算採取一石二鳥之計，借助不知情的柿丘之手，讓他自我毀滅，同時贏得美麗的吳子夫人。夫人相當敏感，即使她堅毅又主動地投向你的懷抱，當她取得某種程度的確信時，便立刻委託我找尋真相了。

被你收買的保險業務員跟醫生，跟我一起過來了，他們正在門外等候。如果你想跟他們敘敘舊，現在可以讓你跟他們見上一面，不知道你意下如何？

前陣子，我搜索過住宅，發現你這個振動魔計算用的紙張，還有讓柿丘誤以為沒通過的人壽保險，我還找到你購買高額的保險，謀殺柿丘之後，可以詐領巨額死亡給付的證明文件。你還有什麼話要說嗎？」

自稱帆村莊六的青年偵探，痛快地揭發了我的真面目。

後來，經歷兩年的歲月，歷經一場又一場的公開審訊，方才最高法院終於做出判決，一切訴訟程序就到此為止。接下來，我開始記下這拙劣的懺悔錄，真是不可思議，我終於在今天夜裡完成，看來這似乎是我的最後一夜了。前幾天我就隱約察覺這件事了，並不覺得特別害怕。

隨著這充滿回憶的夜晚，平靜地迎向黎明，我必須離開這座牢房，登上那高大的絞刑臺。

# 人之灰

這時，電話又來了，那是一通死訊，昨夜西風的妖魔，奪走氣體工廠年輕珠江子夫人的性命。事情麻煩了，丘署長一行人，徹夜未眠的血紅雙眼又更紅了，開車衝向發生事件的氣體工廠。

# 1

赤澤博士經營的氣體工廠，就蓋在海拔一千三百公尺高原的右足湖畔。這三年來，工廠陸續僱了六個人，卻都以奇怪的方式失蹤了。直到今日，都沒有人回來。

由於時日已久，人們認為八成沒一個人還活著了，不過這時傳出一個不可思議的傳聞。每當他僱的人失蹤的日子，一定會刮起強烈的西風，所以工人們都極度害怕西風。

這個故事開始的日子，晚秋的高原一帶，正好刮起風速十公尺以上的強烈西風，工人們都驚聲尖叫，露出恐懼的神色。到了夜裡，他們也是隨便收拾，大家就聚在一起逃離工廠了。在這樣的夜晚，他們覺得回到工廠的宿舍，躲在棉被裡睡覺，才是一件可怕的事。大家像講好了一般，到隔壁村子的居酒屋開起酒會，喝到天亮才方休。

工廠裡只剩下廠長赤澤博士，還有一名叫做青谷二郎的青年技師，以及兩名警衛。除此之外，廠內的別館（那是赤澤博士居住的地方）還住著博士的夫人珠江子，她是一名外表看來相當年輕的女子，跟博士看來總像是一對父女，她一個人關在別館之中。

到了八點，青谷技師一如往常，開著卡車回家了。赤澤博士的房裡，燈還一直亮著。不過，到了十點半，燈也熄了，本館完全陷入黑暗之中。警衛也關在小屋裡，只剩下西風泰然自若地，發出詭異的聲音，晃動玻璃門跟柵欄。湖畔的惡魔乘著西風而來，又回去了。

夜，更深沉了。

從這座氣體工廠，沿著國道往西再走一公里，有一座庄內村。村子裡只有一座面向國道的派出所。值班的年輕員警也在尋思，每當吹起傳說的西風，就會發生怪異的失蹤事件。他們之前已經向該縣的檢調單位報告過事件與那起傳說，每次當局都會隨便派某個人來處理與回應，後來就不再派人來，也不再下達指示了。似乎完全沒把它當一回事。如果能夠找到屍體或血跡，大概會掀起一場騷動吧，由於事件以低調的失蹤事件告終，即使出現了六個犧牲者，還是沒有人當一回事，對於庄內村派出所被瞧不起這件事，讓員警憤慨不已。今夜，若是真的發生什麼事，他打算鼓起勇氣，與乘著西風而來的妖魔纏鬥。

時鐘敲響夜間十一點半的時候，一名看似工人的男子，慢慢地來到派出所前。那名男子看到巡警站著值班的模樣時，立刻加快了腳步，打算快步經過。

「喂，等等……」

巡警大喊，朝向奇怪的男子衝過去。

身材高大纖瘦的男子，聽到巡警的大聲斥喝，便停下腳步。接著，他的手臂三兩下就被巡警抓住了。

「你現在要去哪裡？跟我來派出所一趟。」

男子乖乖被抓著，被拉進派出所。巡警的視線，無法從奇怪男子帽子底下露出獨特光芒的眼睛移開。可是，把他拉到派出所的燈光下時，他卻嚇得連腿都軟了。

血！是血！

奇怪男子的帽子上、豎起衣領的雨衣肩上，就連他的臉上，全都沾滿了大量的血跡。抓到寶了。

「不准動！殺人犯！」

臂力強壯的巡警，將奇怪男子的手扭到身後，立刻用繩子綁起來。

奇怪男子挑著眉說：

「別這麼不講道理嘛，為什麼要把我綁起來？」

「少裝蒜。為什麼要綁你？還要我說嗎？你自己看就知道了。」

說著，巡警取下牆上的鏡子，遞到奇怪男子看得見的地方。奇怪男子露出吃驚的神色，咬著下唇。

這下真的抓到寶了。在這西風之夜的獵物，真是天上掉下來的禮物。要是他不小心打了個瞌睡，應該會錯過吧。如此一來，今夜又會以怪談收場了吧。全都是千鈞一髮的事。他終於逮捕了沾著鮮血的怪人。天亮之後，去一趟氣體工廠吧。今夜，肯定又有人失蹤了。這次又會是誰呢？

巡警只覺得愈來愈興奮，深夜裡，打了一通電話給上級K町警察局。

## 2

逮到殺人魔了！

庄內村掀起一起驚天動地的騷動。其中，最驚訝的就是管轄此區的K町警察署的人員了。接獲庄內村派出所逮捕沾滿鮮血的奇怪男子的通報，儘管還是深夜，丘署長立刻率領一行員警趕來。基本上要先調查一遍，姑且在正好空著的村立醫院的傳染病大樓，設立臨時偵訊室（這個做法有點奇怪），再把奇怪的男子送過去。不久，天色亮了，總算讓人鬆了一口氣，這時，電話又來了，那是一通死訊，昨夜西風的妖魔，奪走氣體工廠年輕珠江子夫人的性命。事情麻煩了，丘署長一行人，徹夜未眠的血紅雙眼又更紅了，開車衝向發生事件的氣體工廠。儘管如此，第七名犧牲者有別於以往，竟是這座氣體工廠的女王珠江子夫人，真教人意外。

丘署長按著類似風濕性酸痛的腰椎，踏進氣體工廠的大門。真是一座不吉祥的建築物啊。從本署的紀錄看來，這座氣體工廠的營業項目，包括液態空氣、氧氣、氖氣及其他數種氣體，還有氣球，不過，這麼特殊的營業項目，竟然能撐起這座奇怪的建築物嗎？他覺得十分可疑。

進入正面的本館，在會客室等候，有兩個人走了進來。

「哦，您好，您好……」

站在前頭，下巴蓄著鬍鬚的土色臉上，戴著厚重近視眼睛的矮小男子，發出奇怪的聲音打招呼。這位就是廠長，自稱理學博士赤澤金彌的人物。

「我是技師青谷二郎。」

站在他後面的人，用這方式報上名字，他跟廠長不同，看來相當聰明，是個相貌端正的青年。

「到底發生什麼事了？」

署長以毫不客氣地聲音說：

「像這樣，再三出現失蹤者，我一定要追究你的責任。」

聽到這句話，赤澤博士以銳利的目光瞪著署長。

「三年來都找不到失蹤者，我們也很懷疑警察的辦事能力呢。請你們快點搜查我的家吧。」

青谷技師在後頭，露出十分擔心的神色。

署長先是大聲說了句。

「好哦，那我就不客氣了。」

先聽取廠長說明夫人失蹤前後的情況。

「昨天晚上，我在工廠待到十點左右。」

博士只有嘴巴在動著。

「我在查事情，所以在本館二樓，在我自己的房間讀書。聽到鐘敲了十點，我才關燈，離開本館，回到別館。那裡相當於我與內人的家。不過，內人沒出來迎接我，我去內人的房裡看情況，內人也不在那裡。我到處尋找，都不見人影。直到現在，我都沒見到內人。我知道的就是這樣了。」

丘署長問：

「你是不是覺得夫人的情況不太對勁呢？」

「是的，我本來以為她大概在床上睡覺了。不過，床鋪得很整齊，她似乎根本沒上床躺過。」

「燈開著嗎？」

「沒有，燈沒開。」

「幫傭的人不在嗎？」

「本來有請一個，大前天，她的親戚過世了，於是請假回家去了。所以，當天夜裡，應該只剩下內人獨自一人。」

「她叫什麼名字，請說得更詳細一點。」

「她叫做峰花子。沒有什麼特徵，她的親戚住在右足湖往東的湖口，那邊的表姊過世了。」

「你在夜裡發現夫人失蹤，為什麼不報警呢？」

「除了青谷技師，我不會拜託其他人。所以我把他找來了。技師的家位於湖水南岸一公里的地方，也就是湖口一帶，其實有點遠。白天的話，還有一輛卡車可以開，不過技師都會把它開回家，我沒有代步工具。所以我才決定等到天亮，等他上班再說。我要先聲明一件事，我已經超過十年沒踏出這座工廠了。」

丘署長大大地嘆了一口氣，盯著赤澤博士打量，這次輪到青谷技師了。

「你昨天幾點回去的？」

「八點左右。」

「開卡車嗎？」

「是的。」

「路上有經過哪裡嗎？」

「我沒有去其他地方。直接回家了。」

「關於夫人的失蹤，你有什麼想法嗎？」

「完全沒有。」

署長一直盯著青谷技師，說：

「你昨天也穿著那雙鞋子嗎？」

那雙鞋子沾著新鮮的紅土。那是附近一帶少見的土壤。

「唉……今天早上，我在工廠裡裡外外四處找人……」

後來，丘署長在兩個人的帶領之下，前往工廠內的主要房間，也檢查過放著大型機械的工作室、動力室，看了倉庫與辦公室。檢查得最仔細的，就屬赤澤博士的房間與青谷技師的房間，還有懸掛著特別研究室的招牌，有點複雜的房間。特別研究室只有博士及技師兩個人可以進入，在這裡從事重大研究。裡面擺著各種特別的棚架、機械及平臺，並沒有發現血跡。結果，在這座工廠裡找不到任何可疑之處，於是他們去檢查別館的房子。這時，他們採信博士的說法，並沒有發現夫人的遺書。

署長拍著酸痛的腰椎說：

「我還是老樣子，拿工廠沒輒。」

看來只能回去，調查昨晚逮捕的沾滿鮮血的男子，才是最快的方法吧。

一行人搭車離開了。

## 3

「據村尾某的陳述……」

輕輕翻開警察筆記本，開頭以鉛筆雜亂地寫著上面那行字，丘署長坐在署長席的旋轉椅子上，一個人自言自語。

「村尾六藏，三十歲嗎？原來如此……取了個蠻有趣的名字呢。好，當天的行蹤……首先是……」

我們實在跟不上丘署長用這種方式，慢吞吞地再唸一遍，接下來節錄重點。直到後來，我們才知道，沾滿鮮血的奇怪男子對於行蹤的陳述，隱藏著解開這起事件的重大關鍵。

（一）村尾某從東丘村（往東西向延伸的右足湖以東的地名。湖口則是東丘村面湖的地方）越過右足湖，正要進入庄內村（右足湖以西的地名，氣體工廠位於湖泊的盡頭）的路上，沒想到在東丘村已經日落，距離湖泊還相當遙遠。

（二）傍晚七點半左右，本來以為很接近湖泊了，卻在一座墓地裡迷了路。那裡有兩道以粗棉布製成的嶄新龍幡，在風中飄舞，我用手電筒一照，竟是剛下葬不久的墳墓。墓碑上寫著女人的名字，不過我記不得了。可是墳墓只覆著土，沒蓋成隆起的樣子。

（三）墳墓旁邊有卡車留下的痕跡，我想只要跟著輪胎的痕跡，就能走到大馬路了吧，於是我跟著它走，好不容易來到一戶人家的門口。門牌寫著「湖口一百號 青谷二郎」。那戶人家的門口，湖水的水勢十分洶湧。

（四）我想要渡湖，所以找了小船，這時正好看到一艘小船，所以我划著它一直往西方前進。西風愈來愈強勁了，船一直無法順利前進。划到半路的時候，正面可以看見氣體工廠的燈光。我再度振作起精神，往前划去，風向突然改變了，把小船吹向北岸。這時，我感到一陣冰冷的雨水落在我臉上，不過我流了很多汗，反而覺得很舒服。這場雨很快就停了。後來，我終於划到接近湖泊盡頭的岸邊。

（五）從湖泊盡頭上岸後，大約十點半了。我從氣體工廠的側面經過，總覺得好像看到什麼白色的物體，於是我用手電筒照亮，工廠裡有三顆巨大的氣球，綁在地上的木樁上，在風中搖擺、飄動，工廠裡的窗戶沒有一扇亮著。

（六）後來。我離開工廠，橫越大西原，來到庄內村的人家處，就被派出所的巡警逮捕了。

「……原來如此，這下子有趣了。」

署長獨自陷入喜悅之中。

「什麼東西有趣啊？」

署長頭上突然傳來聲響，把署長嚇了一跳，立刻回頭，站在那裡的是一向與他水火不容的K新報社長──田熊，正在嘲笑著他。他早就把署長那本筆記本的內容全都謄在藁半紙上，接著氣勢十足地以激烈的聲音說：

「如果要讓我看筆記本的話，別讓我看這麼無聊的內容，直接讓我看看寫著犯人名字的那一頁就好。」

「喂，你幹的可是小偷才會做的事啊。既然你時間那麼多，不如去研究一下什麼是妨害公務罪吧。」

田熊咳了一聲，快步走向別處。

「來了個麻煩的人物啊。……對了，趁現在……」

署長將筆記本妥善收好，開始冥想，這時，庄內村的巡警進來了，在他的桌子前方舉手敬禮。

「報告。」

「哦哦，是你啊。辛苦了。後來怎麼啦？」

這位巡警接獲署長的命令，今天早上在右足湖畔一帶搜索。

「接獲您的命令之後，我先去了氣體工廠。上午八點，地面已經綁著四顆氣球。」

「四顆？」

署長翻開筆記本，歪著頭。

「根據陳述，手電筒照到三顆氣球。也就是說，你報告的內容多了一顆。」

署長舔著鉛筆，在三顆的旁邊寫上 4 這個數字。

「第二，我去了湖泊盡頭，找村尾某划的小船，不過沒找到。」

「沒找到小船？這樣啊。你找過湖裡面了吧？」

「接下來是卡車的痕跡，之前說是從墳場到青谷二郎的家，不過我看不清楚。好像有人把地翻整過了。」

「哼，哼。」

署長再次寫在筆記本上，

「然後呢？怎麼啦？」

「接下來是剛下葬的墳墓。確實有，是峰雪乃的墳墓。她是初產婦，非常遺憾地死於前置胎盤⋯⋯。關於這座墳墓，大致符合陳述的內容，不過有一點不同，剛下葬的墳墓上覆著土，這點不一樣，已經蓋成好看的隆起狀了。」

「哦哦，這樣啊。」

署長再次舔著鉛筆。

「然後呢⋯⋯」

「報告完畢。」

「嗯，辛苦你啦。你可以下去了。」

巡警朝著署長的方向鞠躬行禮之後，轉向旁邊再行一個禮，然後右轉離開了。

「好了，只要有了這些材料，我至少不會顏面掃地了。」

署長呢喃著。這時，他背後突然又傳來熟悉的乾咳聲，署長瞬間露出不悅的神情。

「這又是怎麼一回事呢？」

他將以鉛筆草寫的一整張藁半紙，湊到署長的鼻尖，來者是本以為早已離開的K新報社長田熊。

「別做這種費心勞力的事了。再這樣下去，不管花幾年時間，都沒辦法解決殺人事件啊。截至目前為止，都已經發過六張號外了。那個滿身鮮血的犯人怎麼了？把他帶到這裡來。你們嚴密監守那名怪客，不讓他曝光，他到底是哪一號人物？打哪兒來的？要去哪裡？如果你只會瞪著那本手帳，小心我把你寫成報導哦？」

田熊自顧自地說完自己想說的話，又快步走向另一頭。

「沒長腦袋的傢伙，真可悲。」

說著，署長露出意味深遠的笑容，再次唸出村尾某的陳述書，

「對了，還有這件事。」

他拿起話筒，撥了號碼，打給K町的觀測站。

「對，我這裡是K署。請問，我想請教右足湖一帶的風速及風向，從昨天傍晚到今天早上的資料。……原來如此，……原來如此。」

他頻頻發出感嘆的聲音，

「哦哦，昨夜九點半以前吹的是西風，接下來風向變成西南風。哦哦，這樣啊。」

署長又仔細地在手帳寫下一些字。接著，他站起來，叫一旁的主任備車。

「我要去庄內一下，見見村尾某，看情況可能還會繞去氣體工廠。」

說完便出發了。

後來，署員們都覺得那位衰老的署長，這次居然能氣勢十足地進行各種調查，大家都認為不可思議。

## 4

急性子的田熊社長，雙腳用力咚咚咚地踩響他的社長室地板。他的腳邊就坐著三名穿著深青色工作服的勞工，看著社長的腿動來動去，心裡七上八下，同時忙著以鐵絲在地板下穿來穿去又接起來。似乎在接電話線。

「喂，你們要裝到什麼時候？」

「馬上好……」

這時，工程正好完成了。工人將聽筒放在耳邊，玩弄著宛如收音機般的轉盤，很快便露出微笑，將話筒遞給社長。

「這樣就聽得見啦。可以了，大家快點給我滾出房間。」

一行人立刻移動腳步，走出房間。

「好啦，這樣一來就能把那間庄內村偵訊室的情況聽得一清二楚了。不管警察再怎麼隱瞞，我都能知道犯人村尾某的供詞了。等一下，那個丘大師一定會嚇到腿軟吧。」

田熊社長從囚禁村尾某的偵訊室，偷偷拉了一條電話線，可以竊聽房裡的對話，正覺喜不自勝。

不久，他期待已久的偵訊室對話終於傳來了，儘管聲音很低。

「不好意思，打擾了。」這是沒聽過的聲音。

「不，沒什麼……」說話的人好像是丘署長。

「……因為這個緣故……」一開始的聲音說。

內容好像是之前的延續。

「這是我的推理，九成都基於實際的證據，可惜的是，我還是不知道剩下那一成，所以只能提出假設。至於那尚未湊齊的內容，剛才也說過了，犯人確定當天夜裡會刮起強烈的西風後，便帶著已經粉碎的屍體，裝進一顆氣球裡。放掉繩子後，氣球便緩緩上升了。風從正西方吹過來，請大家看看，氣球飛到右足湖的中心線上方。」

由於提到右足湖的位置，田熊社長十分慌張。轉頭一看，他發現社長室的牆上，貼著包含右足湖在內附近一帶的訂閱者分布地圖，於是他雙手抱著竊聽器，移動到牆邊。

「……右足湖的縱向中心線，正好是東西向，想要將氣球放到湖水的正中央，唯一的辦法，就是選在刮西風的日子。等氣球飄到適當的位置時，犯人再把已經化為灰的人體粉末，從氣球裡撒向湖面。這些人之灰就會隨著西風落在水面，方才也說過，氣球正好位於中心線上方，即使灰多少會向南北方擴散，或是向東流，都會順利落在湖面，不會落在陸地上。

只要灰全都落在水裡，它們都會葬送在魚腹之中吧。如此一來，就能完全消滅他們的屍體了。怎麼會有這麼完美的屍體處理法呢？」

「原來如此，真是卓越的方法啊。」

這是丘署長感嘆的聲音。

「用這個方法，已經順利收拾六名犧牲者了。從署長帶來的觀測站風速及風向報告，可以證明當晚刮著強烈的西風。第七名犧牲者也同樣被裝進氣球裡，放到天空的高處。同樣地，粉碎的屍體從氣球中灑向湖面。不過，這次跟前六次不同了，有兩件事不在他的預期之中。對犯人來說，實在是不幸的事件。

兩件預期之外的事，其一就是撒灰的時候，原本刮的西風，突然變成西南風了。所以會發生什麼事呢？原本飛向正東方的人之灰，會改往東北方，於是有一小部分墜落在右足湖的北岸。請大家看看。裝在這個罈裡的紅黑色物體，正是我今天在北岸採集到的，第七位犧牲者的肉片。」

儘管田熊社長用電話竊聽，沒能偷看到那只裝著人肉的罈子，仍然讓他感到十分遺憾。

「另一個預期之外的事情是……」

那個聲音又說了，這時，卻有人出乎意料地，「啊」地叫了一聲。

「……真可笑。在這種地方竟然會出現這種怪東西……」

他只能聽到這裡，後來只剩下喀嚓一聲，就什麼都聽不見了。

田熊社長的竊聽器竟然在最關鍵的地方失效了，只能漲紅著一張臉，惋惜不已。他很快就找來工人，不到五分鐘，他們便畏畏縮縮地向社長投降，說：

「社長，已經不管用了。對方已經剪掉祕密通話器了。這樣一來，已經不能竊聽了。」

社長已然放棄，只能苦笑。

「好吧，我要去氣體工廠跑一趟。」

田熊社長雙手盤胸，從各種角度思考從竊聽獲得的各種有趣的疑問。

「跟丘署長講話的人，究竟是誰呢？能力好像很強，K署有這樣一號人物嗎？」

不管他怎麼想，都想不出這麼靈光的人物。姑且先放下這個疑點，其他還有不少問題。

「聽他說起來，假設犧牲者的屍體全都被絞得粉碎，再用氣球撒出來，這種事真的可行嗎？」

將人類屍體分屍的事件，或是切成小塊的事件，倒是時有所聞，不過像這樣將屍體碎成可以吹動的麵粉或灰狀，這樣的事件倒是前所未聞。真的能將屍體變成這種狀態嗎？……真是太有趣啦，不過這個問題似乎更難解了。在思考的過程中，田熊社長突然雙手一拍。

「……對了，就是這個。」

那個男人已經解開九成，只剩下一成還解不開的問題，他發現問題在哪裡了。那個男人也不清楚，能不能把人化成灰。想清楚之後，他反而覺得十分暢快。

「還有另一點，是電話被掛斷的時候，說到兩件預期之外的事，一件是西風突然變成西南風，另一件預期之外的事……講到這裡就被掛掉了。他到底想要說什麼呢？」

這點真是怎麼也想不通。不過，關於這個問題，總覺得有點難，又不是太難，說不定很簡單。總覺得他早就已經知道了，可是就差了那麼一點點，又想不起來。不久，他搭乘的車子已經來到氣體工廠前。

# 5

下車後，他走進大門，毫不客氣地從玄關登堂入室。因為他已經來過很多次了，當他衝進玄關旁邊的大會客室時，率領一隊員警的丘署長比他早到一步，兩人視線不期而遇。署長面露青筋。

「呦……」

社長倒是先喊了一聲。

「您這可不行啊。人家才聽到一半就掛掉了，怎麼那麼小氣啊。」

署長想說的話又被搶先一步，只能呆呆地張大嘴巴，連一句話都說不出來。

這時，赤澤金彌廠長跟青谷技師走了進來。

「您好，您這次是……」

赤澤先生發出有氣無力的聲音，跟署長打招呼。

青谷技師則是親切地說：

「我想署長大人一定會登門拜訪。」

「坦白說，今天來是為了……」

署長有點在乎那位麻煩人物，說明來意。

「我們想跟您要一罐液態空氣。」

赤澤看來似乎愈來愈想哭了，不斷點頭。赤澤命令青谷技師帶路，接著對著署長的方向說：

「丘先生。」

他畏畏縮縮地詢問：

「請問這起事件……目前有什麼收穫嗎？」

「還沒，不過我們就快要逮到夫人的敵人了。我們已經知道犯人將屍體投入湖泊當中，接下來只要知道犯人用什麼手法將屍體磨得跟灰一樣細就行了。」

「哦哦，這樣啊，」

廠長以顫抖的手掩住嘴巴，

「所以犯人是誰呢？」

「現在還不能說。不過，答案已經呼之欲出。」

「喂，亂搞也要有個程度吧！」

社長威風八面地說：

「這個無能的署長能懂什麼呢？明明是聽了別人的話惡補來的。少說廢話了，趕快完成你的任務吧！」

青谷技師見狀，露出微笑，帶領署長等人前往工廠的方向。

工廠非常寬敞，儀器非常大，宛如巨人家裡的道具。強力的壓縮機壓縮著空氣，經過無數個管子與氣室之間，來到裝置的角落，美麗的天藍色液態空氣汩汩地冒著蒸氣，流進壓力瓶裡。

另一頭則將液態空氣放進鍋爐裡，稍微加熱後，另一個管線便不斷冒出氧氣、氖氣及氬氣等昂貴的氣體，推動壓力計的指針，裝填進氣瓶裡。

工廠實在是太大了。當署長的腰椎痠痛，無暇他顧時，終於來到液態空氣貯藏室。

「你不是幽靈吧？」

早一步來到貯藏室等待的田熊社長，見了署長，便大為諷刺一番。

「我很久以前就覺得，你會在這座工廠的角落，成為第八位犧牲者。」

丘署長雖然很想回嘴，礙於青谷技師在場，只好拼命忍耐。

「來，分你們一瓶液態空氣吧。」

說著，青谷技師從地上提起一罐大小適中的壓力瓶。

「接下來，我們來實驗液態空氣的特質，順便教你們注意事項吧。」

青谷技師從一旁的架子上，取出一只巨大的雙層玻璃杯。容量差不多一公升。接下來，他舉起地上的壓力瓶，將開口對著玻璃杯。白色的煙霧汩汩地冒出來，先前看到的美麗天藍色液體，慢慢流進玻璃容器中。

「怎麼樣？很美吧？跟廣重[1]描繪的美麗天空是一樣的顏色吧？」

---

**譯註1**　廣重（歌川廣重，一七九七－一八五八），浮世繪畫家。

丘署長與田熊都看得出神。

「這種液態空氣的溫度是零下一百九十度，極為冰冷，浸泡過液態空氣的物體，都會完全凍結，變成非常堅硬又脆弱。大家瞧瞧。這是一顆蘋果，我把它放進去哦。」

技師將蘋果刺在筷子前端，全都浸在液態空氣裡。液態空氣發出滋滋滋的聲音，開始翻滾。接下來再舉起筷子，鮮紅的蘋果從杯子底裡現身，接觸到空氣後，瞬間吸附濕氣，表面浮現一層雪白色的霜。

「這顆蘋果已經完全凍結了，現在很硬哦。如果是小型的釘子，這顆蘋果也可以取代榔頭，把它敲進木頭裡。」

技師找來一根小釘子，把它戳進桌上，以凍結的蘋果代替榔頭，鏘鏘鏘地敲著。每敲一次，釘子都潛進桌子裡。圍觀的人紛紛啞口無言。

「好了，接下來讓大家看看，這顆堅硬的蘋果，有多麼脆弱呢？這裡有一個榔頭。我會用力敲打。」

說著，技師舉起榔頭，瞪著桌上的冷凍蘋果。

「嘿！」

「磅」地一聲，榔頭順利將蘋果敲碎了。唉，真是不可思議，本來以為蘋果會變成爛泥，竟然是隨著一陣紅白的煙霧，向四處飛散，不留一絲碎片！

## 6

「蘋果消失了！」

署長大叫。

「我剛才看到了。你看看這邊的桌上。紅色的灰狀物體愈積愈多了，對吧？四處飛散的東西落下來了。這就是粉碎的部分蘋果。」

這時，丘署長渾身僵硬。

「哦哦，我懂了。哦哦，我懂了。」

他拍胸大叫。

「哦哦，人之灰事件的謎底終於解開啦，七名犧牲者全都是被泡在液態空氣裡。凍結成零下一百九十度之後，再用鐵槌之類的東西敲碎，變形為人之灰。好，我懂啦。犯人確實在這座氣體工廠之中！」

當署長大叫的時候，桌上的電話鈴鈴地響了。青谷技師正要接起電話，興奮的署長卻走到旁邊，把話筒奪過來。

「喂。派個人過來。」

這時傳來一個高聲慘叫的聲音。

「你是誰？報上名來！」

「哦哦，走過來了。是我老婆的幽靈！救命啊。啊啊，我要死了……」

隨著大叫聲，電話也掛斷了，署長的臉色一下子紅、一下子白。電話肯定是廠長的聲音。

「赤澤遭到幽靈襲擊了，正在求救。帶我去赤澤的房間，快點！快點！」

「蛤？老師嗎？」

青谷技師帶頭，署長及眾人跟在後頭，衝到房外。爬了幾層樓梯，終於趕到特別研究室。

打開門一看，原本應該在裡面的赤澤博士，已經不見人影了。不過，電話的話筒並未掛上，主機滾落在地上。看來，剛才的恐怖電話，一定是從這間房間打來的。博士跟幽靈，到底消失到哪裡去了呢？

一行人面面相覷，不發一語。

「喂，署長，振作點啊。」

田熊社長大叫。

「你們有沒有聽見奇怪的聲音呢？」

「奇怪的聲音？」

不知道從哪個地方傳來啪啪噗噗的異樣聲響。

「嗯，我找到了。」

青谷技師衝到房間的某個角落，那裡掛著藍色的窗簾。技師迅速將窗簾拉開。看來像是衣櫥的窗簾後方，沒有任何一件衣服，只有一個白色的貯物槽。

他衝到貯物槽的把手邊，用力往右轉。

署長大叫：

「那是什麼？」

技師說：

「這是液態空氣槽。」

並以銳利的眼神望向一行人。

「請大家小心。如果沒退到那張大桌子後面，大家都會沒命哦。」

「什麼？會沒命……」

一行人都伸長了脖子，像在看什麼可怕的東西，從大桌子後方窺探著。

「我現在要打開了哦……」

青谷技師取來一旁的鐵棒，按壓地板。結果地板一下子就轉開了，露出地板下方的部分。地板下方有一座約為一般西式浴缸兩倍大的水槽。眾人見了內部，不禁「啊」地叫了一聲，把臉別開。水槽冒出蒸氣般的濛濛霧氣，下方盛滿藍色的液體，裡面沉著一具人體。將他拉起來一看，正是赤澤博士的屍體。全身已經結冰，變成雪白色，宛如石膏像，但他的臉上卻明顯浮現恐懼的神色。……青谷技師說明，如果不轉動這個手把，液態空氣還會不斷流進水槽裡。

「這下子可有趣了。」

K新報社長大吼大叫。

「我想赤澤金彌一定是犯人了，不過赤澤卻被幽靈殺死了啊。喂，丘署長，犯人到底是誰呢？」

碰到這麼激烈的質問，丘署長的臉一下子紅、一下子白，露出明顯的苦悶模樣。不過，他似乎終於下定決心，轉動他龐大的身軀，躍向青谷技師身邊。

「我不會再上你的當了。我要逮捕你這個殺人的嫌疑犯！」

「沒禮貌！」

青谷技師劇烈地反抗，卻慘遭署長那些忠實下屬的臂力蹂躪。他的雙手，隨著喀嚓一聲，被金屬手拷拷住了。出人意料的是，署長以外的人，似乎都搞不清楚。

「哇啊，很精彩嘛。可是，你該不會是腦筋不清楚了吧？」

K新報社長好不容易才發出聲音。

丘署長不以為意，將技師拉起來。

「署長先生……」

青谷怨恨地叫著。

「您不覺得這樣太過分了嗎？為什麼要把我拷手拷？請告訴我原因。」

「原因？……等你到了偵訊室，我就會告訴你了。」

## 7

青谷技師被帶到偵訊室的正中央，署長底下的人，紛紛投以銳利的視線及辱罵聲。他完全否認犯行。

「……你不明白的話，就由我來說吧。」

署長敲打桌子。

「這個問題不是很簡單嗎？能夠出入那間特別研究室的人，只有博士跟你。把地板翻過來，在底下擺放西式浴缸那樣的東西，接著在另一頭安裝液態空氣槽，旋轉把手能讓液體流進浴缸裡，這樣的冷凍人製造裝置，一定是你製作的。如果是博士製造的，他沒留下遺書就死了，未免太可笑了吧。就算被幽靈追趕，既然是自己做的，逃到裡面也太可笑了，再說，那裝置不是為了避免地板翻過來，弄了一個像鎖一樣的東西嗎？所以只有你知道，一定是你威脅博士，讓他墜落的。」

「署長先生，那只不過是您的猜測。」

青谷俐落地否認。

「您根本沒有證據嘛。而且當時我在您的身邊。我這麼厲害，能夠同時讓博士墜落，又放出幽靈嗎？」

「哼，你還在嘴硬啊。……我很清楚，殺害夫人也是你幹的好事。你說你在那天夜裡八點回家，就算那是事實，六點的時候，你不是曾經走出工廠大門嗎？就算我不知道，警衛也能證明。因為你說東西忘記帶，七點半左右，再度開著卡車回來。後來，到了八點左右，才真正離開。你折返回來的時候，應該很清楚，工廠內部只剩下在自己房間認真唸書的博士，以及在別館的夫人。你利用大約三十分鐘的時間，俐落地殺害夫人，將屍體撒在空中，八點的時候，再若無其事地回家。怎麼樣？害怕了嗎！」

「那都是牽強附會。我才沒做那種事。」

「就算你沒殺害夫人，你也沒辦法證明吧？沒有人會幫你說話。」

「既然您這麼說，我也有話要說。我本來怕您出醜，不敢說出口……」

「出什麼醜？」

署長的神色一變。

「一定會出醜的哦。您似乎認為那天夜裡，從湖水上空撒落的人之灰，是珠江子夫人的吧，您這可是大錯特錯。在湖畔採集的人肉，檢查血型後，不是O型嗎？可是，夫人的血型是AB型。因為前幾年，夫人生了一場大病，需要輸血，經由醫生調查的結果。O型與AB型……一個人絕對不可能同時擁有兩種血型。人肉的主人與夫人，完全是不同的人物。您做出這種杜撰的搜查，為什麼敢直呼我是殺害夫人的人呢？」

「唔……」

那一秒，署長只覺得天旋地轉，快要腦貧血了。他根本沒想到血型那種西洋的玩意。事到如今，才被人直搗痛處。他的威信也在瞬間掃地。

「怎麼樣啊？署長大人。」

青谷仍然沒放輕苛責的力道。

「光是這一點，應該就能判我無罪了。您這樣逼我，有什麼意義呢？再說，您為什麼不指責那個渾身鮮血的嫌犯呢？為什麼要放過那個奇怪的傢伙……」

這時，背後的門啪嚓一聲打開了。那是青谷沒聽過的男聲。

「怪人指的是我嗎？」

一名男子毫不客氣地站在青谷面前，他的身材高大，滿臉鬍鬚，看似工人的模樣。儘管他穿著皺巴巴的工作服，聲音卻十分清晰，幾乎讓人不寒而慄。

「我才是清白的哦。如同署長大人所說，你真的該拷上手拷。不過，他說錯幾個事實，讓我幫忙訂正吧。我說的內容，青谷應該能認同吧。」

「你是誰？」

「我嗎？就是人之灰灑在湖上時，在正下方划船的男人。後來，我的帽子、臉上、肩膀，全都是融化的血，渾身鮮血的男人。這些肉跟血，真的不是珠江子夫人的。你說得沒錯。至於血型O型的人肉，會是誰的呢？那是在你家附近的墳場下方沉睡的女人的。峰雪乃……你應該聽過這個名字吧？方才，我把土堆挖開，開棺一看，裡面空空如也。那天晚上，你先離開工廠，去了墳場，趁著夜色挖出屍體，帶回工廠。接下來，你在高空撒落人肉。因為你的時間不夠，沒空將被你破壞的墳墓土堆重新堆好，只在上面蓋了一些土，沒想到這時正好被路過的男人看見了。那個人就是我。」

鬍鬚男微微一笑。

「真的好可憐哦。你撒完人肉再折回來，又把土堆好，消除卡車的痕跡，不過一切都太遲了。為什麼要做這種事呢？當天夜裡，你按照先前的計畫，將夫人藏起來，營造夫人失蹤的假象。一切都是為了栽贓給赤澤博士，然後隨隨便便擬了一個讓博士自我毀滅的計畫。不過，你卻被署長意外地上了手拷，因為太狼狽了，才會提出血型的事，想要立刻卸下手拷。這是因為，手拷拷得愈久，對你愈不利呢。」

說著，鬍鬚男瞪了青谷一眼。

「為什麼不利呢？手拷拷得愈久，你看似純潔的臉龐就會走樣啊。你也沒料到，過去你犯下六次變態殺人，竟然都沒被發現吧？你的興趣天理不容。你已經忘了神的存在。當科學家遺忘神明之時，很容易變成像你這樣的人物。你待在這裡的時候，也許潛到湖底的潛水人員，已經找到六名犧牲者的遺物，很快就會送過來了吧。……為了早一刻卸下手拷，你舉出反證打算嚇倒署長，不過，你卻中了自己的陷阱。珠江子夫人被你藏在你位於本館的房間裡。也許夫人曾經受到你的誘惑，卻痛改前非，來到博士的房間，打算坦白一切，沒想到被博士當成幽靈，嚇得要死。他終於陷入你設下的陷阱之中，斷送了性命。當時，我打扮得更體面一點，混在人群當中，聽到『幽靈』這個字眼，還有血型不同的疑問，我發現夫人還活著。於是，我早一步與夫人一起回到這裡。如果你想與夫人見面，我可以帶她過來。」

在眾人的驚訝之中，青谷閉上了雙眼。不過，沒多久，他又抬頭說：

「所以呢，你到底是誰？」

「我嗎？」

鬍鬚男說：

「我是東京那邊派來調查這座右足湖畔怪事的人。為了方便搜查犯人，一直請署長大人幫我保密。」

說著，他將一張名片放在青谷技師的手拷上。上面寫著「私家偵探　帆村莊六」。

## 作者簡介

# 海野十三（うんの じゅうざ，一八九七—一九四九）

日本科幻小說先驅、推理小說家。德島市出生，本名佐野昌一。早稻田大學理工學部畢業後，就職於通信省電器試驗所，從事無線電通訊相關研究。一九二八年於《新青年》發表〈電器澡堂的離奇死亡事件〉後正式出道，擅長描寫必須透過科學知識解謎的詭計、人體改造，甚至異星生物的侵略等幻想性十足的主題，比起運用邏輯搜查罪犯，更重視科學技術與心理認知，代表作包括〈俘囚〉、〈十八時的音樂浴〉、〈大腦手術〉等。

一九三一年展開以夏洛克・福爾摩斯的日文諧音為名的帆村莊六科幻偵探小說系列而廣為人知。戰前發表〈太平洋魔城〉、〈火星兵團〉等多部冒險主題作品，令昭和時期的科學少年們雀躍不已。一九四一年接受徵召以從軍作家身分加入海軍，晚年在同為推理小說家的摯友小栗虫太郎之死、日本戰敗的失意與咳血中度過，一九四九年因肺結核辭世，享年五十一歲。

# 人造人事件

隱藏在廣播中的死亡密碼

海野十三科幻偵探短篇小說集


初　　版　2022年4月
定　　價　新台幣360元
ISBN　978-626-7096-04-8（平裝）



國家圖書館出版品預行編目(CIP)資料

人造人事件：隱藏在廣播中的死亡密碼，海野十三科幻偵探短篇小說集 / 海野十三 著；侯詠馨 譯 .-- 初版 .-- 台北市：四塊玉文創有限公司, 2022.04　256面；14.8X21公分 .--(HINT：4)
ISBN 978-626-7096-04-8(平裝)

861.57　111002764

書　　名　人造人事件
作　　者　海野十三
譯　　者　侯詠馨
策　　劃　好室書品
特約編輯　陳靜惠、傅安沛、盧琳
封面設計　劉旻旻
內頁排版　洪志杰

發 行 人　程顯灝
總 編 輯　盧美娜
發 行 部　侯莉莉
財 務 部　許麗娟
印　　務　許丁財
法律顧問　樸泰國際法律事務所許家華律師

藝文空間　三友藝文複合空間
地　　址　106台北市安和路2段213號9樓
電　　話　(02)2377-1163

出 版 者　四塊玉文創有限公司
地　　址　106台北市安和路2段213號9樓
電　　話　(02) 2377-1163、(02) 2377-4155
傳　　真　(02) 2377-1213、(02) 2377-4355
E-mail　service@sanyau.com.tw
郵政劃撥　05844889 三友圖書有限公司

總 經 銷　大和書報圖書股份有限公司
地　　址　新北市新莊區五工五路2號
電　　話　(02) 8990-2588
傳　　真　(02) 2299-7900
製版印刷　卡樂彩色製版印刷有限公司


SANYAU
http://www.ju-zi.com.tw
三友圖書
友直 友諒 友多聞

三友官網

三友 Line@

**HINT**

**HINT**